Lea Schmidbauer

OSTWIND
Auf der Suche nach Morgen

Basierend auf Figuren und Fabel von
Lea Schmidbauer und Kristina Magdalena Henn

Lea Schmidbauer

OSTWIND

Auf der Suche nach Morgen

ALIAS ENTERTAINMENT

Dieses Buch wurde auf chlorfrei gebleichtem Papier gedruckt.

1. Auflage

Satz: frese-werkstatt.de
Umschlaggestaltung: Astrid Reimann / artattack-design.de
Fotos Umschlag: Tom Trambow
Druck: GGP Media GmbH, Pößneck
ISBN 978-3-940919-12-0
Printed in Germany

/ostwindfilm

1. Kapitel

Ein riesiger silberner Vollmond tauchte die Ebene in kühles Licht, aber der Wind, der sanft durch das dürre Gras strich, war warm auf ihrer Haut. Im Schneidersitz saß sie da, hatte die Augen geschlossen und wartete. Noch war nichts zu hören, außer den Grillen und dem Rascheln des Grases. Doch dann spürte sie es. Etwas bewegte sich auf sie zu. Sie fühlte den leisen Luftzug, roch den warmen erdigen Geruch und als sie das sanfte Schnauben hörte, erschien ein Lächeln auf ihrem Gesicht. Sie öffnete die Augen und ihr Herz machte einen Doppelschlag, als sie das dunkle Pferd sah, das wenige Meter vor ihr stehen geblieben war. Sein schwarzes Fell war im fahlen Mondlicht kaum von der Dunkelheit zu unterscheiden, aber die goldbraunen Augen und der weiße Stern auf seiner Stirn schienen umso heller zu leuchten. Für einen Moment sahen die beiden sich an, dann streckte sie die Hand aus und das Pferd nahm ihre Bewegung auf. Es kam die letzten Schritte auf sie zu und senkte den Kopf. Behutsam tasteten die weichen Nüstern über ihren Arm und als sie ihre Stirn an seine legte, war es wieder da: Das vertraute Gefühl zweier Energien, die sich zu einer verbanden wie zwei Hälften eines Ganzen. Sie atmete tief ein und fühlte, wie … sie etwas am Ohr kitzelte.

Mika verzog das Gesicht, drehte sich um und kuschelte sich energisch tiefer in die karierte Wolldecke. Sie wollte jetzt noch nicht aufwachen! Sie hatte schließlich den ganzen Vormittag mit einem starrköpfigen Haflinger verbracht, der nur widerwillig eingesehen hatte, warum er dem mickrigen Zweibeiner, der ihm jeden Tag sein Heu brachte, erlauben sollte, auf seinen Rücken zu steigen. Jetzt war ihre Mittagspause und die hatte sie sich redlich verdient. Wieder kitzelte es, diesmal an ihrer Nase, und sie wollte den nervigen Heuhalm gerade wegschieben, als ihre Finger in etwas Wolliges griffen. Das war doch … ein schlaftrunkenes Grinsen breitete sich auf Mikas Gesicht aus, als sie weitertastete: ein flauschiges Ohr, eine kleine warme Nase.

»Ora!« Sie schlug die Augen auf und sah das schwarze Fohlen, das neben ihr stand und genüsslich lange Halme aus dem Heuballen zog, auf dem sie ihr Lager errichtet hatte. Als es seinen Namen hörte, hielt es inne, legte den Kopf schief und sah Mika fragend an. »Hey! Du hast mich geweckt!« Es sollte eigentlich streng klingen, aber wie immer konnte sie dem kleinen Pferd nicht wirklich böse sein. Ora trat einen Schritt näher und lehnte ihren Kopf an Mika, die sie liebevoll zwischen den Ohren kraulte. »Ach egal, solange du keinen Unsinn anstellst …«, doch weiter kam sie nicht, denn in diesem Moment ertönte ein gellender Schrei.

»AHHHHHHH!« Erschrocken riss Ora den Kopf hoch – und nun sah Mika den verdächtigen dunkelbraunen Bart um ihr rosa Maul. Und den schmierigen Fleck, den sie auf ihrem T-Shirt hinterlassen hatte. Alarmiert sprang sie auf. »Ihhh, was ist das? Was hast du gemacht?«

»ORAAAAAAA!!«, hallte es prompt über den Hof und zu Mikas Entsetzen erkannte sie die kräftige Stimme ihrer Großmutter. Doch Ora sah nicht aus, als hätte sie den Ernst der Lage erkannt und antwortete stattdessen mit einem fröhlichen Wiehern. Fieberhaft hielt Mika dem überraschten Fohlen das Maul zu. »Pschhht!« Aber es war zu spät, schon hörte sie, wie sich hastige Schritte dem Heulager näherten, in das sie sich für ihren Mittagsschlaf zurückgezogen hatte. Mika hielt den Atem an und versuchte, kein Geräusch zu machen. Noch war sie sicher, denn sie hatte sich vorsorglich hinter einer dichten Mauer aus Heuballen versteckt, doch im nächsten Moment schwand auch diese Hoffnung. Ein Kopf reckte sich über die Heumauer und Mika atmete erleichtert aus, als sie in Sams braune Augen sah. Nur verhieß sein ernster Blick nichts Gutes.

»Mann, Mika! Da bist du ja! Und wo zur Hölle ist ...« In diesem Moment lockerte Mika den Griff um Oras Maul und das Fohlen stieß ein empörtes Schnauben aus. »Ora?« Sam musste grinsen. Auch er war dem Charme der kleinen Stute längst verfallen. Mika lächelte entschuldigend.

»Ich hab nur ganz kurz die Augen zugemacht, ich schwör's. Ich dachte, Tinka passt auf.« Sam verdrehte die Augen.

»Tinka? Superidee. Die hat ja schon mit ihrem durchgeknallten Pony alle Hände voll zu tun.« Er schob sich durch den schmalen Spalt zwischen den Heuballen in Mikas Versteck und erst jetzt sah sie seinen merkwürdigen Aufzug. Seine widerspenstigen braunen Haare waren akkurat gescheitelt und er trug statt des gewohnten Karohemds einen dunklen Anzug, der ihm deutlich zu klein war. Mika musste ein Kichern unterdrücken.

»Warum siehst du aus wie ein Staubsaugervertreter?« Sams Augenbrauen zogen sich drohend zusammen.

»Weil ich im Gegensatz zu dir nicht vergessen habe, dass heute der TERMIN ist!« Mika erstarrte.

»Heute wie ... heute?«

Sam nickte.

»Heute wie jetzt. Und jetzt wie in fünf Minuten. Sie sind jeden Moment da. Und dann gab es da dieses kleine Missgeschick mit der Sachertorte ...«

»Oh nein!«

»Oh doch!« Er nickte in Oras Richtung, die mit Unschuldsmiene neben Mika stand und ihn aufmerksam ansah. »Frau Kaltenbach ist ... wie heißt das Wort, das ich suche? Ungehalten?«

»Fuchsteufelswild?«, schlug Mika kleinlaut vor und legte eine Hand auf Oras Rücken. Wie konnte sie das nur vergessen? Seit Wochen sprach ihre Großmutter von nichts anderem als dem Besuch ihrer alten Freundin. Mika hatte jede Anekdote gehört, die die beiden in ihrer aktiven Zeit als Springreiterinnen erlebt hatten, sie kannte den Namen jedes Pferdes, den Punktestand jedes Turniers. Wie ein Feldwebel war Maria Kaltenbach in den letzten Tagen über den Gutshof gefegt, um Kaltenbach in vollem Glanz erstrahlen zu lassen. Sie hatte Mika sogar ein Kleid bestellt, in dem sie laut Fanny zwar aussah wie ein Transvestit, das ihrer Großmutter aber Tränen der Rührung in die Augen getrieben hatte. Und dieses Kleid hing jetzt unerreichbar in ihrem Schrank! Mit schreckgeweiteten Augen sah sie Sam an, der offenbar denselben Gedanken hatte und bedauernd den Kopf schüttelte.

»Vergiss es. Das schaffst du nie. Und Zuspätkommen ist schlimmer.«

Mika schluckte und sah an sich hinab. So schlimm war es nicht. Die Jeans hatte kein Loch, ihre roten Turnschuhe waren nur ein bisschen schlammig und das weiße T-Shirt hatte sie heute Morgen frisch angezogen. Nur hatte es jetzt einen tellergroßen dunkelbraunen Fleck an der Schulter, der, wie sie nun wusste, wohl von Mariannes berühmter Sachertorte herrührte.

»Oh Gott«, entfuhr es ihr unwillkürlich. Sam sah sie mitleidig an.

»Na komm, es hilft nichts. Wir müssen nur den Satansbraten irgendwo einsperren. Vor der berühmten, unvergleichlichen, hochwohlgeborenen Ingeborg Rauschenberg wird deine Oma dir sicher nicht den Kopf abreißen.« Er grinste und Mika fühlte sich sofort ein bisschen besser. »Und wenn doch, kannst du ihr ja einfach zur Ablenkung einen Staubsauger verkaufen.«

Als Mika und Sam wenig später die Terrasse betraten, thronte Maria Kaltenbach bereits am Ende des festlich gedeckten Kaffeetischs. Das Erste, das Mika sah, war die Sachertorte. Marianne hatte sich redlich bemüht, sie mit Sahneverzierung und Marzipanrosen zu retten, aber nach Oras Attacke erinnerte sie doch eher an einen Kuhfladen.

Neben ihrer Großmutter saß eine hagere Frau mit grauem Dutt und Hakennase, die in ihrer hochgeschlossenen grünen Seidenbluse ein bisschen aussah wie ein Habicht auf einem Jagdausflug. Kleinlaut schob Mika sich neben Sam an den freien Platz am Tisch und versuchte ein Lächeln in Richtung ihrer Großmutter. Doch die warf ihr nur einen kurzen Blick zu, der gereicht hätte, die Hölle gefrieren zu lassen und wandte sich dann wieder der Habichtfrau zu, die so laut sprach, als wäre Maria Kaltenbach schwerhörig.

»... und mit Persephone haben wir letztes Jahr in Aachen gewonnen, 23 Sekunden, fehlerfrei. Ich habe einfach einen Blick für gutes Genmaterial, und das sage ich in aller Bescheidenheit.« Der dickliche Mann, der neben ihr saß, nickte Mika und Sam freundlich zu.

»Das sagst du, wie immer, ohne alle Bescheidenheit, Liebste«, sagte er dann gutmütig und fügte hinzu: »Aber es stimmt. Es lief gut für uns in der letzten Saison. Wie sieht es denn bei dir aus, Maria? Ach ... ist das deine berühmte Enkelin? Man hat ja schon einiges von ihr gehört!« Die hagere Frau schien die Neuankömmlinge erst jetzt zu bemerken. Sie drehte den Kopf und lächelte erwartungsvoll – für ungefähr eine halbe Sekunde. Offenbar hatte sie etwas ganz anderes erwartet als ein schlaksiges Mädchen mit wilden roten Haaren und einem fleckigen T-Shirt. Ihr Lächeln wurde deutlich schmaler. Maria räusperte sich.

»Ja, das ist Mika. Wir sind alle sehr stolz auf sie.«

»Viel gehört, ja, ja«, echote sie und sah Maria Kaltenbach mitfühlend an.

»Sie hat ein außergewöhnliches Talent.« Ingeborg legte ihre knochige Hand wohlwollend auf Marias.

»Natürlich von dir. Wie gesagt, gute Gene …« Sie wandte sich an Mika. »Und, wie sieht dein Turnierplan aus in diesem Jahr? Springen oder Dressur, ich habe das nicht genau mitbekommen?«

Mika lächelte. »Weder noch.« Die buschigen Brauen des Habichtgesichts zogen sich zusammen.

»Ach, wie enttäuschend. Dann Military? Vielseitigkeit vielleicht?« Mika schüttelte den Kopf und sah die Frau herausfordernd an.

»Nein. Und ich finde auch …« In diesem Moment spürte sie einen schmerzhaften Tritt gegen ihr Schienbein und Sam neben ihr hustete.

»Mika beschäftigt sich mehr mit … alternativen Methoden«, fiel er schnell ein. »Wir haben den Betrieb letztes Jahr umgestellt und arbeiten mit schwierigen und traumatisierten Pferden.«

Ingeborg sah ehrlich ratlos aus und wandte sich an Maria. »Was? DU trainierst nicht mehr?« Maria Kaltenbach schüttelte würdevoll den Kopf.

»Nein.«

»Dann züchtest du also? Eine gute Entscheidung! Der Name Kaltenbach ist doch immer noch ein Begriff. Und hast du nicht diesen Hengst gekauft? Aus Hallas Nachzucht? Ich würde meinen linken Arm für so ein Tier geben! Diese Gene!« Sie sah Maria erwartungsvoll an.

Mika senkte den Kopf. Sie wusste, was nun kommen würde. Ihre Großmutter hatte sich zwar alle Mühe gegeben, zu verstehen, warum Mika Ostwind in Andalusien freigelassen hatte – aber sie war doch nur schwer über den Verlust ihres wertvollsten Pferdes hinweggekommen. Und das führte immer wieder zu Streit und Vorwürfen.

Doch zu ihrem Glück war Ingeborg die Sorte Mensch, die am liebsten selber redete und so konnte Maria nur ein schwaches »Ja, Ostwind« erwidern, bevor Ingeborg wie ein Wasserfall weiterblubberte: »Ostwind, richtig! Ein etwas schlichter Name, aber gut. Mein Gott! Das bringt mich auf eine Idee! Wir sind just auf dem Weg zur Landeszuchtschau. Die haben dieses Jahr eine Sonderausstellung für Nachfahren berühmter Pferde. Und, wenn ich das in aller Bescheidenheit sagen darf, ich rechne mir mit Starlight Princess Chancen aus. Sie ist immerhin die Großnichte zweiten Grades von Retina Z!«

Mikas Ohren dröhnten, denn Ingeborgs laute Stimme hatte sich vor Enthusiasmus zu einem ausgewachsenen Brüllen gesteigert, das die Niagarafälle mühelos übertönt hätte. Für einen Moment sagte niemand etwas.

»Du musst kommen und Ostwind zeigen«, schrie Ingeborg in die Stille und Maria zuckte zusammen.

»Das ist eine schöne Idee. Aber leider unmöglich«, sagte sie schließlich leise und sah Mika dabei nicht an. Doch ihre alte Freundin war nicht zu bremsen.

»Wieso ist das unmöglich? Ich kenne den Showleiter und wenn ich ihm sage, niemand Geringerer als Maria Kaltenbach zeigt einen Hengst, dann – Ahhhhh! Hilfe!« Ingeborg war plötzlich aufgesprungen und schlug wild um sich. Alle am Tisch sahen sich verwirrt an, bis sie zur Seite sprang. Und den Blick freigab auf ein kleines schwarzes Fohlen, das mit einem Fetzen im Maul munter davontrabte. Ingeborg drehte sich um ihre eigene Achse und nun sah man, dass auf dem Rücken ihrer zartgrünen Seidenbluse ein großes Loch klaffte. Sam schoss hoch.

»Verdammt! Ich hatte sie eingesperrt, wirklich Frau Kaltenbach!« Und damit rannte er los, hinter der kleinen Stute her, die nun, da endlich jemand mit ihr Fangen spielte, begeistert in schwungvollen Galopp verfiel. Am Hoftor blieb sie stehen, schüttelte den erbeuteten Stofffetzen, doch kurz bevor Sam sie erreichte, drehte sie um und galoppierte in die andere Richtung. Sprachlos sah die Tischgesellschaft dem ungleichen Wettrennen zu.

»Oraaa!« Mikas warme Stimme hallte über den Hof und die kleine Stute blieb prompt stehen. Sie drehte den Kopf, sah Mika an und ihre pelzigen Ohren zuckten aufmerksam, als wollte sie sagen: »Ja? Was ist?« Atemlos kam Sam bei ihr an und nahm ihr behutsam den Seidenfetzen aus dem Maul. Als er mit dem Fohlen bei Fuß zurück zum Tisch kam, hatten sich alle wieder gesetzt. Kleinlaut reichte Sam Ingeborg das fehlende Stück ihrer Bluse. »Entschuldigung«, murmelte er und sank erschöpft auf seinen Stuhl. Und als sei nichts gewesen, trottete Ora zu Mika, legte den Kopf auf ihre Schulter und sah interessiert in die betretene Runde. Maria Kaltenbach ließ den Kopf sinken und selbst Ingeborg hatte es für den Augenblick die Sprache verschlagen. Nur ihr dicklicher Ehemann hatte ein anerkennendes Lächeln auf den Lippen.

»Also, wenn ich etwas sagen darf? In aller Bescheidenheit, dieses Fohlen hat den spektakulärsten Galopp, den ich seit Langem gesehen habe! Und jetzt hätte ich gerne ein Stück dieser sehr interessanten Torte.«

Herr Kaan schaukelte friedlich in seiner Hängematte, als Mika mit Ora an ihrer Seite neben ihm auftauchte.

»Na, ihr zwei? Ist der alte Habicht endlich weg?«, sagte er, ohne die Augen zu öffnen und Mika fragte sich einmal mehr, wie er das machte. Sie kletterte auf den niedrigen Ast der Trauerweide, unter der Herr Kaan seine geliebte Hängematte aufgespannt hatte, und umschlang mit ihren langen Armen ihre Knie. Ora stupste Herrn Kaan neugierig an und versetzte ihn damit in sanfte Schwingungen.

»Ich weiß nicht. Ich wurde ... entschuldigt. Es gab einen Zwischenfall.« Herr Kaan lächelte.

»Handtasche oder Porzellan?« Mika grinste.

»Sachertorte und Seidenbluse. Aber das war es nicht. Also nicht nur. Es ist immer ...«

»Ostwind«, vollendete Herr Kaan ihren Satz. »Ich weiß. Es ist einfach schwer für sie.« Mika runzelte trotzig die Stirn und rupfte ein paar silbrige Blätter von einem Ast.

»Wieso ist das schwer für sie? Sie hat ihn doch nie wirklich gemocht. Wenn es für jemanden schwer ist, dann für mich«, fügte sie leise hinzu. Herr Kaan sah sie überrascht an.

»Ist es das? Schwer für dich?« Sie zuckte die Schultern.

»Ich vermisse ihn jeden Tag. Aber ich weiß, dass es das Richtige war. Und es ihm gut geht.«

»Du träumst von ihm?« Es war keine echte Frage, sondern eher eine Feststellung. Mika sah nun ihrerseits überrascht auf. Herr Kaan und sie sprachen wenig über ihre Gabe, wie er es nannte. Er wusste, dass Mika es immer noch nicht leicht fand, zu akzeptieren, dass sie etwas Besonderes war. Seit ihrer Rückkehr aus Spanien vor sechs Monaten, hatten sie über Ostwind auch nur wenig gesprochen. Herr Kaan war einer der wenigen, der verstand, warum sie tun musste, was sie getan hatte: ihn freizulassen. Doch jetzt nickte sie. Und als ihr auffiel, dass Herr Kaan die Augen wieder geschlossen hatte, fügte sie ein knappes »Ja« hinzu.

»Ihr habt eben eine starke Verbindung«, stellte er fest und Mika fühlte, wie ihr Herz warm wurde. Es tat gut, über Ostwind zu reden und es tat gut, wenn es dabei ausnahmsweise keine Vorwürfe hagelte.

»Und Sie klingen manchmal wie das grüne Männchen aus Star Wars«, sagte sie und grinste schelmisch ihrem alten Meister zu.

»Ich habe keine Ahnung, was das bedeutet – aber ich nehme es als Kompliment«, kam es ruhig zurück. Mikas Blick fiel auf Ora, die angefangen hatte, das saftige Gras unter dem lichtgrünen Dach der Trauerweide zu rupfen. Auch wenn sie es nicht zugab, war es vor allem Ostwinds Tochter, die ihr half, die Trennung von ihrem Pferd zu verkraften. Mika lehnte sich zurück an den mächtigen Stamm und lächelte liebevoll auf das flauschige schwarze Tier hinab.

»Brav. Ausnahmsweise benimmst du dich mal wie ein Pferd«, sagte sie und schloss ebenfalls die Augen. Doch schon wenige Minuten später öffnete sie sie wieder, denn ein Gedanke ließ ihr keine Ruhe. »Als Sie vorhin gesagt haben, es ist schwer für Oma, haben Sie gar nicht Ostwind gemeint, oder?« Herr Kaan öffnete die Augen und sah sie an.

»Nein. Ich meinte, es ist schwer für sie, loszulassen.« Mika setzte sich auf.

»Was muss sie denn bitte loslassen? Kaltenbach geht es doch gut, auch ohne Ostwind.« Der alte Mann schüttelte den Kopf.

»Die Vergangenheit, Mika. Sie kann die Vergangenheit nicht loslassen. Das Therapiezentrum ist die Zukunft, das weiß sie – und du bist die Zukunft. Aber sie hat ihr ganzes Leben mit Pferden gearbeitet und jetzt wird sie nicht mehr gebraucht.«

»Quatsch! Natürlich wird sie gebraucht. Sie macht die Termine und redet mit den Leuten und bestellt das Futter und ...« Mika stockte, als sie die Erkenntnis traf. Ihre Augen wurden groß. »Sie macht nichts mehr mit den Pferden.«

Vor ihrem inneren Auge tauchte das vertraute Bild ihrer Großmutter in der Mitte des Reitplatzes auf. Es war als höre sie ihre kräftige Stimme, mit der sie ihren verzweifelten Reitschülern unermüdlich Anweisungen zurief. Sie sah das kaum merkliche Lächeln, das ihre Lippen umspielte, wenn etwas gelang und sie zufrieden war. So hatte sie Maria Kaltenbach vor zwei Jahren kennengelernt und so hatte ihre Großmutter ihr halbes Leben verbracht. Doch seit aus Kaltenbach ein Therapiezentrum geworden war, war sie aus dem Stall und vom Reitplatz verschwunden.

Sam, Milan, Herr Kaan und allen voran Mika erledigten die Arbeit mit den Pferden. Ungläubig schüttelte Mika den Kopf.

»Aber sie könnte doch auch ... irgendwas machen? Vielleicht Bodenarbeit?« Noch während sie ihn aussprach, wurde ihr klar, wie absurd dieser Gedanke war. Die Pferde, die nach Kaltenbach kamen, hatten verletzte Seelen und würden vor Angst wahrscheinlich die Bande hinaufklettern, sobald Maria Kaltenbach mit ihrem preußischen Stechschritt die Halle betrat. Herr Kaan konnte Mikas Gedanken offensichtlich an ihrem Gesichtsausdruck ablesen, denn er nickte zustimmend.

»Genau. Ihr Leben ist der Sport. Oder die Zucht. Und egal wie gering die Hoffnung war – mit Ostwinds Freilassung ist der letzte Funke davon erloschen.« Betroffen betrachtete Mika ihre Fußspitzen.

»Sie hat nie irgendwas gesagt. Und jetzt hat diese komische Frau, die aussieht wie ein abgemagerter Raubvogel, mit ihrem Gequatsche von Turnieren und Ausstellungen und Genen alles noch schlimmer gemacht!« Frustriert sprang Mika von ihrem Ast. »Ich glaube, ich muss mit ihr reden.« Herr Kaan schwang ebenfalls die Beine über den Rand seiner Hängematte.

»Tu das. Reden ist immer eine gute Idee«, sagte er und sah sich zerstreut auf dem Boden um. »Wo ist eigentlich mein zweiter Schuh?« Und dann sahen die beiden erst sich an – und dann Ora, die mit angelegten Ohren und entschlossenem Gesichtsausdruck hinter ihnen stand und sie mit unverkennbarem Stolz ansah. Ein abgewetzter Lederschuh hing quer in ihrem kleinen Maul. Herr Kaan, den sonst wenig aus der Ruhe brachte, entfuhr ein entrüsteter Schrei. Er machte einen Schritt auf das Fohlen zu – was Ora als klare Aufforderung deutete und mit freudigen Bocksprüngen über die große Koppel davonschoss. Mika biss sich auf die Lippe und lächelte Herrn Kaan kleinlaut an. »Sie will wirklich nur spielen.«

»Dann los – und bring mir bitte meinen Schuh«, knurrte der alte Mann und ging, so würdevoll es mit nur einem Schuh möglich war, in Richtung seines Wohnwagens davon.

Mika stand für einen Moment da und sah ihm nach. Dann drehte sie sich um und blickte direkt in Oras unschuldiges Fohlengesicht. Die kleine Stute hielt ganz still und sah sie aufmerksam an, nur der kleine Puschelschweif schlug erwartungsvoll hin und her. Mika nahm ihr den braunen Mokassin aus dem Maul und stellte ihn vorsorglich auf einen unerreichbaren Ast der alten Weide. Sie sah auf die Uhr. »Wir haben noch eine halbe Stunde. Was schlägst du vor?« Ora legte den Kopf schief. Mika tat es ihr gleich. Dann grinste sie. »Ich bin für … fang das Fohlen!« Und als hätte Ora genau dasselbe gedacht, stieß sie ein jauchzendes Wiehern aus, vollführte eine kleine Schraube in der Luft und zusammen jagten sie hinaus auf die grüne Wiese.

2. Kapitel

Die Sonne stand schon tief am Himmel, als Mika durch die große Hofeinfahrt zurück nach Kaltenbach kam. Ihr Gesicht war gerötet und ihr Herzschlag von der wilden Jagd beschleunigt. Ora trottete müde an ihrer Seite und wie immer lag Mikas Hand locker auf dem warmen Rücken des Fohlens. Sie sah sich um und stellte erleichtert fest, dass auf dem Parkplatz nur noch der alte Jeep des Gestüts stand.

»Keine Sorge, die Luft ist rein«, bestätigte eine Stimme hinter ihr. Mika drehte sich um und vor ihr stand Sam, der wieder aussah wie er selbst, mit seiner speckigen Lederschürze. Er hielt an einem Strick Hugo, das gewaltige Shire Horse, das mit hängenden Ohren und traurigem Gesicht neben ihm stand.

»Ah! Der Schmied ist da«, schlussfolgerte Mika und kraulte das riesige Ross liebevoll unter dem Kinn. »Armer Hugo.« Sam grinste.

»Ja. Er wird wohl nie verstehen, dass es als stolzes Kaltblut unter seiner Würde ist, sich vor dem Hufschmied zu fürchten.«

»Oder vor Schubkarren. Oder Fahrrädern. Oder gruseligen Hühnern«, ergänzte Mika lachend. Dann wurde sie wieder ernst. »Sam, meinst du, Oma ist immer noch sauer auf mich?« Sam zuckte die Schultern.

»Na ja, sie hat sich so lange auf diesen Besuch gefreut und dann lief es, milde ausgedrückt, nicht optimal.« Mika sah betreten zu Boden.

»Manchmal hab ich das Gefühl, dass ich sie immer enttäusche, egal was ich mache.« Sam boxte sie aufmunternd in die Schulter.

»Quatsch! Du hast Kaltenbach gerettet, das darfst du nicht vergessen. Okay, du hast ein eine halbe Million teures Springpferd in der spanischen Wildnis zurückgelassen, aber das kann ja mal passieren.« Er grinste Mika an, doch die sah immer noch zu Boden. »Hey, das war'n Witz. Jetzt mach dir mal keine Sorgen. Es war ja noch ganz nett. Der dicke Mann konnte sich wegen Ora gar nicht einkriegen. Wollte alles über ihre Abstammung wissen und hat immer wieder gesagt, dass man sie unbedingt auf dieser Ausstellung zeigen sollte.« Mika hob den Kopf.

»Ora?« Sie sahen beide das Fohlen an, das gerade zärtlich an Hugos kugelrundem Bauch knabberte, was das mächtige Kutschpferd für den Moment sein bevorstehendes Martyrium vergessen ließ. Sam zuckte die Schultern.

»Na ja, 34 war ja auch ein ziemlich schönes Pferd. Ich hab das auch nie so gesehen, aber wenn man mal darauf achtet … sie ist wirklich außergewöhnlich.«

»Hm«, murmelte Mika vage. Sie verstand nicht warum, aber sie fühlte eine seltsame Unruhe in sich aufsteigen. Doch ehe sie diesem Gefühl weiter nachspüren konnte, drang ein vertrautes Geräusch aus dem Fenster über ihren

Köpfen an ihr Ohr. Ein melodischer Dreiklang, der verkündete, dass auf dem Laptop in ihrem Zimmer gerade ein Videoanruf einging. Sam hörte es auch und seine Miene verdüsterte sich.

»Sieh an, da wird wohl dein Typ verlangt«, sagte er und es klang ungewohnt schnippisch. Mika rollte innerlich mit den Augen. Äußerlich jedoch setzte sie ein beruhigendes Lächeln auf.

»Das ist nur Milan, nicht Fanny.«

»Ach so. Na dann, grüß ihn. Und sag ihm, ich habe gestern den Roundpen in 45 Sekunden abgemistet. Damit ist sein Rekord im Eimer«, plapperte Sam hastig, um seine Erleichterung zu verbergen. »Geh schon, ich füttere Ora und bring sie nachher zu Archi auf die Koppel, okay?« Diesmal boxte Mika ihn liebevoll in die Schulter.

»Danke! Du bist der Beste.« Sam nickte traurig.

»Wenn du das sagst«, murmelte er, dann nahm er Ora am Halfter und stapfte mit ihr und Hugo davon.

Der Videoanruf klingelte immer noch, als Mika zwei Stufen auf einmal die breite Treppe des Gutshauses hochsprang. Ihr Herz schlug schneller bei dem Gedanken, Milan zu sehen. Er war schon eine Woche weg und es kam Mika vor wie eine halbe Ewigkeit. Sie rannte über den knarzenden Holzboden des Flurs zu ihrem Zimmer, stieß die Tür auf und hechtete über das Chaos aus Klamotten, Büchern und Schuhen zu ihrem Computer wie ein Torwart beim Elfmeter. Der dunkle Bildschirm erwachte zum Leben – und da war Milans lachendes Gesicht. Es war zwar verzerrt und etwas unscharf, aber die dunklen Locken und das schiefe Grinsen waren unverkennbar.

»1:44 Minuten. Nicht schlecht, Babe.« Mika rückte den Stuhl heran, ließ sich vor dem Laptop nieder und zog eine Augenbraue hoch.

»Babe? Ernsthaft?«

Milan nickte.

»Jep. Das sagt man hier so. Howdy, Babe.« Er griff neben sich und setzte schwungvoll einen Cowboyhut auf, der ihm allerdings zu groß war und gleich vor die Augen rutschte. Lachend schob er ihn auf den Hinterkopf. »Muss ich wohl noch üben. Aber den habe ich heute geschenkt bekommen. Vom Kursleiter. Bin jetzt offiziell Cowboy.«

Mika lachte. Sie vermisste ihren Freund zwar, aber genauso freute sie sich auch. Und war stolz auf ihn. Er hatte die Reise in die USA gewonnen, weil er die Ausbildung zum Pferdewirt als Bester seines Jahrgangs bestanden hatte, und nun durfte er drei Wochen lang auf einer großen Pferderanch in Arizona lernen, wie man Mustangs zuritt.

»Und wie sieht's bei euch aus? Wie geht's Tunichtgut?«

»Bestens. Wir hatten heute eine eher mittlere Bilanz.« Milans Lächeln wurde breiter. Nachdem sein Pferd 34, Oras Mutter, letztes Jahr gestorben war, hatten sie das verwaiste Fohlen gemeinsam mit der Flasche aufgezogen, und er hing mindestens genauso an der kleinen Stute wie Mika.

»Lass mich raten … hm, Ausbruch aus dem Paddock, Möhrendiebstahl und wahrscheinlich hat sie wieder den armen dreibeinigen Kater gejagt.« Mika schüttelte den Kopf.

»Fast. Ausbruch stimmt. Aber dann war es eher Sachertorten-Diebstahl und Seidenblusen-Attacke.« Milans Gesicht wurde ernst.

»Ups. Das wird deiner Großmutter aber nicht gefallen haben.« Mika schüttelte den Kopf. »Hat es auch nicht. Sie war ziemlich sauer. Und ich habe das Gefühl, dass ich es irgendwie wiedergutmachen muss«, fügte sie hinzu und war im gleichen Augenblick überrascht von dieser Erkenntnis. Milan schien ihren Gedanken nicht folgen zu können.

»Du meinst, du willst ihr ne Sachertorte backen? Sei mir nicht böse, Mika, aber ich weiß nicht, ob das irgendwas wiedergutmachen würde. Ich erinnere mich da an meinen Geburtstagskuchen, der war eher ...« Doch Mika hörte nur noch halb zu. In ihr kämpften gerade zwei Seiten und diesen Kampf kannte sie nur zu gut: Sie wusste, dass sie ihre Großmutter enttäuscht hatte, aber sie wusste auch, dass sie ihrem Gefühl nach das Richtige getan hatte.

»Mika? Bist du noch da?«, kam es aus dem Laptop und Mika schüttelte sich energisch aus dem Gedankenkreisel.

»Ja, sorry. Bin da.«

»Schon gut. Ich muss nur leider los, hier warten noch drei andere Jungs auf den Computer. Und morgen reiten wir für ein paar Tage ins Reservat. Ich weiß also nicht, wann ich wieder anrufen kann«, sagte Milan sanft und Mika schluckte.

»Ich vermiss dich«, murmelte sie leise und Milan lächelte.

»Ich dich auch. Und Tunichtgut. Und Sam. Und Kaltenbach. Aber in zwei Wochen bin ich wieder da und bis dahin wird ja wohl nichts Weltbewegendes passieren.« Mika schüttelte den Kopf.

»Nein. Wir haben heute Morgen den letzten Patienten gehabt und jetzt ist für eine Woche Ruhepause. Wobei, Ruhe ist mit Ora natürlich relativ …« Auf Milans Seite waren missmutige Stimmen zu hören und es knisterte laut in der Leitung.

»Okay, okay. Ich muss aufhören. Hab dich lieb.«

»Ich hab dich auch lieb … Babe«, sagte Mika – doch Milan war bereits verschwunden. Sie seufzte.

»Und ich hab dich erst lieb!«, kam plötzlich eine geisterhafte Stimme aus dem Laptop und Mika stieß einen erschrockenen Schrei aus. Dann tauchte Fannys Gesicht auf dem Bildschirm auf, wo eben noch Milan gewesen war. »Babe? Ernsthaft?« Fanny sah Mika belustigt an.

»Mann, hast du mich erschreckt«, schimpfte die und musste dann doch lachen.

»Entschuldige die Störung. Ich wollte mich nur in Erinnerung bringen: Fanny? Ein Meter dreiundsechzig, blond, Locken? Wir kennen uns aus dem Kindergarten?« Mika blickte gespielt nachdenklich in die Kamera.

»Fanny, Fanny, hm, nee, tut mir leid.«

»Ich hab dein Zeugnis angezündet? Klingelt's jetzt?«

»Ach, DIE Fanny. Mein Gott! Sag das doch gleich.« Auf dem Bildschirm winkte Fanny ihr gutmütig zu.

»Okay, dann hätten wir das ja geklärt. Und jetzt die eigentliche Frage: Wann kommst du endlich?«

Mika ließ ihren Kopf hängen.

»Nein, nein, nein! Nicht das mit dem Kopf!«, kam es prompt zurück. »Ich seh dich, schon vergessen?«

Mika hob den Kopf. »Du weißt doch, dass ich nicht weg kann. Ora ist noch so klein und …« Auf der anderen Seite hob Fanny müde die Hand.

»Ja, ich weiß. Wobei ich immer noch Zweifel habe, ob das mal ein Pferd wird. Für mich ist das ne Mischung aus Hund, Schimpanse und nem Fünfjährigen mit Verhaltensproblemen.« Mika lachte.

»Also bitte. Das ist ein Topfohlen mit spektakulären Gängen und einer Super-Abstammung!« Es sollte lustig klingen, aber irgendwie hatte sich ein scharfer Ton in ihre Stimme gemogelt. Fanny runzelte die Stirn.

»Ok…ay!«

»Was denn?«

»Na, das klang jetzt eben überhaupt nicht nach dir.« Das war typisch Fanny. Sie konnte über alles Witze machen, aber sie merkte sofort, wenn Mika etwas bedrückte. »Was ist los?«, fragte sie ruhig.

»Nichts!« Mika schob trotzig ihr Kinn vor und vergaß erneut, dass Fanny sie sehen konnte.

»Genau.«

»Ach«, entfuhr es ihr endlich. Wieder ließ sie den Kopf hängen – und diesmal sagte Fanny nichts dazu. Und dann brach es aus ihr heraus: »Es ist Oma. Sie ist immer noch sauer wegen Ostwind und jetzt waren diese Leute da, von früher, und haben ihr vorgeschlagen, ihn auf so einer Zuchtschau zu zeigen. Und das geht ja nicht. Und ich glaube, sie ist unglücklich, weil sie nicht mehr die große Maria

Kaltenbach ist, sondern nur noch Maria Kaltenbach. Und das ist meine Schuld.« Fanny schwieg einen Moment und wartete, ob Mika fertig war. »Und zu guter Letzt hat Ora ihrer berühmten Reiterfreundin Ingeborg ein Loch in die Bluse gerupft«, endete sie kleinlaut und sah wieder auf.

Fanny nickte nachdenklich. »Sag ich ja. Schimpanse. Aber jetzt mal ernsthaft: Vielleicht braucht deine Oma einfach mal wieder ein Erfolgserlebnis. Du könntest doch einen Ausflug mit ihr machen, so wie damals, als ihr zu diesem Springturnier gefahren seid.« Mika runzelte die Stirn.

»Meinst du, das würde sie aufmuntern?«

»Na klar!«, schoss Fanny zurück. »Sie hat damals mindestens zwei Wochen von nichts anderem mehr geredet. Es war ganz schrecklich! Aber sie war eben mal sowas wie ein Star in dieser komischen Pferdewelt – und vielleicht muss sie sich daran einfach manchmal erinnern.« Mika dachte nach. Ihr wurde zwar ganz anders bei der Vorstellung, einen ganzen Tag mit ihrer Großmutter auf irgendeinem langweiligen Turnier zu verbringen, aber wenn sie ihr damit eine Freude machen konnte … Sie ballte entschlossen die Hand zur Faust.

»Du bist genial, Fanny, weißt du das?« Ihre Freundin nickte frustriert.

»Ja, ja, das weiß ich. Vor allem aber bin ich beste-Freundin-los und echt gelangweilt! Kannst du nicht doch ein paar Tage in die Stadt kommen? Ich würde ja sofort nach Kaltenbach fahren, aber du weißt ja … die Stallburschen-Situation …«

Mika atmete lang aus. Ja, sie kannte die Stallburschen-Situation, und es nervte sie ungemein, dass ihre beiden besten Freunde sich momentan benahmen wie zwei alberne Teenager. Okay, streng genommen waren sie Teenager, aber trotzdem. Fanny schien Mikas Gedanken zu lesen, denn sie fügte rasch hinzu.

»Ich hab ihm gesagt, wir können Freunde bleiben, aber er schaut mich immer nur an wie ein angefahrenes Reh und … ich bin 17! Ich will noch was erleben! Ich bin noch nicht bereit, zum Heiraten und Kinderkriegen und Zusammen-Altwerden!«

»Ähhh«, machte Mika und Fanny, merkte, dass sie wohl übers Ziel hinausgeschossen war.

»Okay, von Heiraten und Kinderkriegen und Altwerden war nie die Rede – aber du weißt, was ich meine«, sagte sie trotzig. Mika lächelte ihre Freundin an.

»Ich weiß nur, dass er dich echt mag und du ihn und dass ihr das bitte bald hinkriegt, damit wir alle zusammen alt werden können, okay?«

»Mal sehen«, antwortete Fanny ausweichend, doch wenige Augenblicke später grinste sie schon wieder. »Also dann. Fahr mit deiner Oma auf irgendeinen Pferdezirkus, auf dem man ihr ordentlich den Bauch pinselt und wenn du dann eh schon unterwegs bist, kannst du ja noch nach Frankfurt kommen und dann wir ziehen um die Häuser!« Mika grinste zurück. Mit Fanny um die Häuser zu ziehen, war ungefähr ähnlich verlockend, wie mit Maria Kaltenbach auf ein Pferdeevent zu gehen – aber sie war ihrer Freundin so dankbar für diese Idee, dass sie sich das nicht anmerken ließ. Sie reckte ihren Daumen in die Kamera und sagte mit allem Enthusiasmus, den sie aufbringen konnte: »Mal sehen.« Fanny gab ihr ebenfalls ein Daumenhoch.

»Super! Dann ist das mal abgemacht!« Sie zwinkerte ihr zu und mit einem Plopp! verschwand ihr sommersprossiges Gesicht von Mikas Bildschirm.

Auf leisen Sohlen tappte Mika den dunklen Flur entlang. Wahrscheinlich schlief ihre Großmutter längst. Sie wohnten zwar schon fast zwei Jahre unter einem Dach, aber Marias Biorhythmus war für sie immer noch ein Rätsel. Sie ging kurz nach dem Abendessen ins Bett, wenn Mika gerade richtig munter wurde und stand mitten in der Nacht auf, wenn Mika langsam darüber nachdachte, ins Bett zu gehen. Sie seufzte tief. Das war nur eines der vielen Beispiele, die ihr deutlich machten, wie unterschiedlich sie beide waren. Aber trotzdem liebte Mika die stolze alte Dame und sie war überrascht, wie viel es ihr ausmachte, wenn sie das Gefühl hatte, sie enttäuscht zu haben. Vor der imposanten Doppeltür zu Marias Schlafzimmer blieb sie stehen und spähte durch das schmiedeeiserne Schlüsselloch. Drinnen war alles dunkel und Mika atmete erleichtert auf. Vielleicht war es besser, bis morgen zu warten. Vielleicht war ihr schlechtes Gewissen bis dahin verflogen und vielleicht wäre ein schöner Blumenstrauß auf dem Frühstückstisch auch Entschuldigung genug.

»Suchst du etwas Bestimmtes?«, ertönte in diesem Moment eine kühle Stimme hinter ihr und Mika fuhr erschrocken herum. Dann stieß sie einen Schreckenslaut aus. Maria Kaltenbach, die in einem bodenlangen weißen Nachthemd vor ihr stand, erschrak nun ebenfalls.

»WAS IST ...?« Mika hielt sich die Hand auf ihr klopfendes Herz.

»Oma! Du siehst aus wie ein Gestütsgespenst«, stammelte Mika und spürte zu ihrem Entsetzen, wie ein absolut unangebrachter Lachanfall in ihr hochsteigen wollte. Mit all ihrer Kraft kämpfte sie ihn nieder, bis nur ein hilfloses Glucksen übrig blieb, während Maria würdevoll an ihr vorbeirauschte. Zu dem Nachthemd trug sie außerdem eine weiße Schlafhaube und der Kerzenleuchter in ihrer Hand rundete das Bild perfekt ab.

»Ich weiß beim besten Willen nicht, was es da zu Lachen gibt«, sagte sie ungehalten und öffnete die Tür zu ihrem Schlafzimmer. Mika hätte sich am liebsten geohrfeigt. Sie hatte sich doch eigentlich entschuldigen wollen und stattdessen ...

»Oma«, sagte sie leise und Maria Kaltenbach, die die Tür schon wieder halb geschlossen hatte, hielt inne.

»Ja?« Es klang schon etwas weniger ungehalten.

»Ich wollte ... kann ich kurz mit dir reden?«, fragte Mika und sah Maria bittend an. Ihre Großmutter seufzte. Dann nickte sie. »Natürlich, komm rein.«

»Ich wollte nur sagen, dass es mir leid tut«, begann Mika unsicher. Sie saß ihrer Großmutter gegenüber in einem der hohen Lehnstühle, die in einer Nische beim Fenster standen. Maria Kaltenbach sah sie aufmerksam an, und Mika fühlte sich plötzlich ein bisschen wie bei einer Gerichtsverhandlung.

»Was tut dir leid?«, fragte Maria ernst und Mika schluckte. Mit einem Mal wusste sie nicht mehr, wo sie anfangen sollte. Dass Ora die Bluse zerrissen hat. Dass du dich nicht mehr gebraucht fühlst. Dass ich Ostwind freigelassen habe.

»Dass du dich für mich geschämt hast«, platzte sie schließlich heraus und sah ihre Großmutter dabei nicht an. Maria blickte überrascht auf.

»Mika! Ich habe mich nicht für dich geschämt! Wie kommst du darauf?«

»Na ja, du hast dich so auf den Besuch gefreut und dann –«, sie zuckte hilflos mit den Schultern. Ein trauriges Lächeln erschien auf Marias Gesicht.

»Ja, das hatte ich. Aber wahrscheinlich war es am Ende gut so.« Nun war Mika verwirrt.

»Was?« Ihre Großmutter sah plötzlich sehr müde aus.

»Es ist mir an diesem Nachmittag mehr als deutlich geworden, dass ich nicht mehr zu dieser Welt gehöre. Es hat sich zu viel verändert. Ich kann nicht mehr mithalten.« Die alte Frau holte tief Luft und straffte ihre Schultern. »Aber man muss nach vorn blicken! Kaltenbach geht es gut, das ist das Wichtigste. Wie lief es denn heute mit dem Haflinger?«, fragte sie, doch es klang so bemüht, dass es Mika in diesem Moment lieber gewesen wäre, sie hätte sie angeschrien.

»Gut«, antwortete sie halbherzig und Maria nickte abwesend.

»Gut. Schön.« Dann stand sie auf. »Du bist sicher müde«,

sagte sie und damit war klar, dass das Gespräch für sie beendet war. Mika zögerte. Es tat ihr weh, ihre stolze Großmutter so zu sehen. Maria Kaltenbach sah ihre Enkelin fragend an. »War sonst noch was?« Mika fasste sich ein Herz.

»Ja. Ich habe doch jetzt ein paar Tage frei und ich dachte mir ... ich würde gerne ... wir könnten doch –« Sie biss sich auf die Unterlippe. Sag es!, befahl sie sich streng. »Ich fände es sehr spannend, auf dieses Turnier zu gehen«, brachte sie mühsam hervor und lächelte ein bisschen zu breit.

»Auf welches Turnier?« Maria schien ehrlich überrascht. In Mikas Kopf rasten die Gedanken. Mist! Sie war so damit beschäftigt gewesen, sich mit der Idee anzufreunden, dass sie gar nicht überlegt hatte, welche Veranstaltung infrage kam.

»Na auf ... das, von dem Ingeborg erzählt hat«, fiel es ihr in letzter Sekunde ein. Und es schien zu funktionieren, denn ihre Großmutter sah sie an, als habe sie ihr eben eröffnet, dass morgen Weihnachten sei.

»Die Landeszuchtschau? Ist das dein Ernst?« Mika lehnte sich zufrieden zurück.

»Absolut!«

»Aber das ist ja ... Mika! Das ist wunderbar! Ich hätte nie gedacht –« Maria Kaltenbach stand auf. Und setzte sich wieder. Sie war wie verwandelt und Mika gratulierte sich innerlich zu ihrer großartigen Idee. »Ich hätte mir nie träumen lassen, dass du an so etwas Interesse hast! Du weißt gar nicht, wie viel mir das bedeutet!« Wieder stand sie auf. Sie hatte Tränen in den Augen und schloss Mika fest in die

Arme. Als sie sie wieder losließ, hing ihre Schlafhaube schief auf ihrem Kopf. Mika grinste froh.

»Ich freue mich auch«, sagte sie und meinte es in diesem Moment ernst.

»Ingeborg wird einen Besen fressen!«, jauchzte Maria. »Kaltenbach ist zurück!« Die Verzückung ihrer Großmutter wurde Mika doch etwas unheimlich.

»Wie – zurück?«, fragte sie. »Und warum sollte Ingeborg einen Besen fressen?« Maria strahlte sie glücklich an.

»Weil ihr krummbeiniges Fohlen keine Chance haben wird, gegen Hallas Urenkelin!« Mika wurde plötzlich blass.

»Du meinst … Ora?«

»Ora, natürlich! Ich habe dich unterschätzt, aber du bist eben meine Enkelin! Du erkennst Potenzial, wenn du es siehst. Und dieses Fohlen hat Potenzial! Dank dir, werden wir das nun der ganzen Welt zeigen!«

Vier Stunden später war Mika immer noch hellwach. Sie lag auf dem Rücken in dem alten Himmelbett und starrte an die Decke. Wie hatte das passieren können? Ja, sie hatte ihrer Großmutter eine Freude machen wollen, aber nie wäre es ihr in den Sinn gekommen, Ora auf einer Zuchtschau zu zeigen. Bis gestern hatte sie nicht einmal gewusst, dass so etwas existierte. Doch nun gab es kein Zurück. Sie hatte es einfach nicht übers Herz gebracht, Maria schon wieder zu enttäuschen. Und was war eigentlich so schlimm daran? Vielleicht würde es sogar Spaß machen! Nein, antwortete ein dumpfes Gefühl aus ihrer Brust. Mika warf sich herum und blickte zum blassen Mond, der ruhig vor ihrem Fenster hing. Und wie immer dachte sie in diesem Moment an Ostwind. Sie schloss die Augen und für einen Moment war sie nicht in ihrem Bett auf Kaltenbach, sondern im hohen Gras der Steppe Andalusiens. Sie sah die Herde, die dicht beieinander stand, die Köpfe gesenkt, und sie sah den schwarzen Hengst, der etwas abseits wachsam in die Dunkelheit blickte. Mika lächelte. Eines Tages würde sie mit Ora nach Spanien reisen. Und Ostwind würde seine Tochter kennenlernen. Doch bis dahin … seufzend öffnete sie die Augen und schwang ihre langen Beine aus dem Bett. Sie packte ihr Kopfkissen, öffnete das Fenster und kletterte hinaus in die Nacht.

3. Kapitel

Mrmpf«, machte Mika schlaftrunken, drehte sich um und kuschelte sich tiefer in ihr weiches Kissen. Doch das Geräusch ging nicht weg. »Ohhh«, hauchte es schon zum dritten Mal und endlich gab sie auf. Sie öffnete ein prüfendes Auge – und sah in Tinkas verzücktes Gesicht. Das Mädchen saß im Schneidersitz vor ihr im Gras und schlug sich erschrocken eine Hand vor den Mund.

»Oh, ich wollte dich nicht wecken, wirklich. Aber ihr seht sooo süß aus ...« Mika rappelte sich auf und ihr Kopfkissen gab einen tiefen Seufzer von sich.

»Ahhh«, machte Tinka prompt. Mika drehte sich um und sah erst jetzt, dass sie nicht auf ihrem Kissen, sondern auf Oras wolligem Bauch geschlafen hatte. Das Fohlen wiederum lag selig ausgestreckt in der Wiese und hatte seinen kleinen Kopf in Mikas Kopfkissen vergraben.

»Ich hab schon zweihundert Fotos und vier Videos von euch gemacht«, verkündete Tinka euphorisch. »Und dreißig davon haben schon 80 Likes bei Instagram!«

»Aha«, brummte Mika. »Ist das jetzt ne Textaufgabe?« Sie war einfach kein Morgenmensch und vor dem Frühstück überfordert von so viel Euphorie. Aber Tinkas Laune tat das keinen Abbruch.

»Nein, das ist endsgeil«, klärte sie Mika auf, die nun eine Augenbraue hob. Tinka war jetzt dreizehn und bemühte sich seit Neuestem, vor allem in Gegenwart von Mika, Sam und besonders Fanny, um altersgemäße Coolness. Allerdings mit gemischtem Erfolg.

»Und ich find deine Smokey Eyes echt endsschön«, flötete sie und Mika musste lachen.

»Das sind Augenringe, Tinka. Ich hatte ne unruhige Nacht.«

»Oh«, machte Tinka und sah Mika mitfühlend an. »Ich dachte, du freust dich. Frau Kaltenbach hat mir heute Morgen erzählt, dass ihr mit Ora morgen zur Landeszuchtschau fahrt. Ich wollte mit Archi mit, aber sie hat gesagt, er ist für ein Pony zu groß und für ein Kleinpferd zu klein.« Betrübt sah sie zu dem Scheckenpony, das in einiger Entfernung graste und weder zu klein noch zu groß war, sondern einfach viel zu dick.

»Hm«, machte Mika unbestimmt, um Tinkas zarte Gefühle nicht zu verletzen.

»Jedenfalls haben wir bis dahin noch jede Menge zu tun«, sagte sie und als Mika sie daraufhin verständnislos ansah, fügte sie hinzu: »Na ja, wir müssen sie baden und föhnen und Conditioner in die Mähne massieren, und ich habe so ein Glanzspray, das die natürliche Farbe ihres Fells betont!« Mika sah sie entsetzt an und nun hob auch Ora mit einem fragenden Grunzen ihren Kopf aus dem Kissen. Tinka sprang auf. »Also, kommt ihr? Ich bereite alles vor! Das wird ends ... ends.« Und damit hüpfte sie davon.

Ora legte den Kopf schief und sah Mika ratlos an. Sanft

strich sie ihr durch die zottelige Fohlenmähne. »Oh Gott, du hast keine Ahnung, was ich uns da eingebrockt habe, hm?« Das kleine Pferd schüttelte sich und kippte dann zurück ins Gras. Und Mika tat es ihm gleich.

Als Mika wenig später mit Ora an ihrer Seite auf den Gutshof kam, war das Erste, was sie sah, Sam. Er stand auf dem Parkplatz und verschwand gerade zusammen mit dem staubigen Jeep des Gestüts in einem dichten Berg aus weißem Seifenschaum. Mit einem Schrubber förderte er dabei das elegante Wappen des Gestüts unter einer dichten Kruste aus Schlamm zutage. Ehe Mika wusste, was geschah, hatte sich das Fohlen mit einem ausgelassenen Wiehern auf ihn gestürzt und zog begeistert an dem Gartenschlauch, den er in der anderen Hand hielt.

»Aus! Ora! Aus!«, schimpfte Sam, während das Fohlen wild um ihn herumsprang und ihn dabei einwickelte wie einen Rollbraten. »Mann! Ich hatte mich so auf ein paar freie Tage gefreut und plötzlich ist hier Alarmstufe Rot«, sagte er missmutig, als Mika ihn kurz darauf befreit hatte.

Sie sah ihn schuldbewusst an. »Ich weiß. Ich auch.«

»Ich denke, das war deine Idee?« Sam sah Mika vorwurfsvoll an. »Ich meine, es stimmt schon, Ora ist wirklich –« Er brach ab, denn just in diesem Moment schoss das Fohlen an ihnen vorbei. Es war voller knisterndem Seifenschaum, den es in gestrecktem Galopp hinter sich herzog wie ein Komet seinen Schweif. »– vollkommen irre«, beendete Sam seinen Satz. »Nein, im Ernst. Sie ist wirklich schön. Ich dachte einfach nicht, dass dich so etwas interessiert. Diese ganzen Angeber, der Trubel und so.« Mika fühlte zu ihrem Schrecken, wie ihr Tränen in die Augen schossen.

»Ich wollte das gar nicht! Ich dachte, es wäre für Oma schön, einen Ausflug zu machen und plötzlich … Ich weiß nicht mal, was eine Zuchtschau eigentlich ist! Oder dass es Conditioner für Pferde gibt!« Mika war immer lauter geworden und Sam sah ziemlich erschrocken aus. Erschöpft von so einem Ausbruch noch vor dem Frühstück, sank sie auf den Boden und lehnte ihren Rücken gegen den dicken Reifen des Geländewagens. Sam rutschte neben sie.

»Hey, ganz ruhig. So schlimm ist es auch nicht. Und zumindest das mit dem Oma-eine-Freude-machen hat funktioniert.«

»Ja?«

»Ja. Sie ist«, er grinste schief, »ganz die Alte würde ich sagen. Sie scheucht mich seit dem Morgengrauen über den Hof. Reitstiefel polieren, Auto waschen, Hänger schrubben … Ich habe Spaß!«

»Tschuldige«, sagte Mika kleinlaut und starrte trübsinnig vor sich hin. »Ich glaube, ich komme da jetzt nicht mehr raus, oder?«

Sam schüttelte den Kopf. »Nee. Aber sieh es mal so: Ora wird es Spaß machen. Sie hat hier ja schon alles durch, was es zu erleben gibt und so ein Ausflug – das ist sicher nach ihrem Geschmack!« Mika sah auf. Sie fühlte sich schon ein kleines bisschen besser.

»Was muss sie denn da überhaupt machen?«

»Nichts. Nur im Kreis laufen und sich bewundern lassen. Und dann sind da drei Schnösel, die sie bewerten und bestenfalls gibt es irgendeinen Pokal, den Frau Kaltenbach sich auf den Kamin stellen kann. Das war's.«

»Okay, das klingt tatsächlich machbar«, gab Mika zu und fühlte sich schon ein ganzes Stück besser. Vielleicht war es doch nicht so schrecklich, auf diese Zuchtausstellung zu fahren. Vielleicht hatte sie einfach überreagiert. Und vielleicht war es auch ein Fehler, wenn sie das Fohlen so lange wie möglich vor der Welt da draußen beschützen wollte. Sie stand auf.

»Ich muss jetzt dringend frühstücken – und Ora auch.«

Sam nickte und reichte seine Hand Mika, die ihn so schwungvoll hochzog, dass er ein paar Meter nach vorn stolperte. Sie vergaß manchmal, dass sie mittlerweile nicht nur fast anderthalb Köpfe größer war als er, sondern durch die Arbeit mit den Pferden auch ziemlich kräftig.

»Sorry«, grinste sie und dann rannte sie plötzlich los, denn sie hatte gerade noch gesehen, wie Ora in der Futterkammer verschwunden war, die irgendjemand unvorsichtigerweise offen gelassen hatte.

Der restliche Tag verging schneller und zu Mikas Überraschung schöner, als sie es sich noch am Morgen hätte träumen lassen. Es war das erste Mal überhaupt, dass sie zusammen mit ihrer Großmutter so etwas wie Spaß hatte. Und das lag in erster Linie an Ora, die es sichtlich genoss, noch mehr als sonst im Mittelpunkt zu stehen. Unter Maria Kaltenbachs fachmännischem Blick tobte sie zusammen mit Mika kreuz und quer über den Reitplatz und Maria musste ihre Anweisungen mehr als einmal wiederholen, weil das Fohlen sie immer wieder zum Lachen brachte. Anders als vor zwei Jahren mit Ostwind, als ihre Großmutter vergeblich versucht hatte, aus Mika eine Turnierreiterin zu machen, hatte sie mit Ora jede Menge Geduld und Nachsicht. Und Mika musste erstaunt feststellen, dass Marias ruhige Konsequenz tatsächlich Wirkung zeigte: Nach zwei schweißtreibenden Stunden Chaos hatte Ora verstanden, wie dieses Spiel funktionierte und trabte mit gesenktem Kopf in perfektem Gleichschritt neben Mika im Kreis. Und auch ihre Beautybehandlung schien der kleinen Stute offensichtlich zu gefallen. Geduldig stand sie da und ließ sich von Frau Kaltenbach hinter den Ohren kraulen, während Mika und Tinka sie shampoonierten, ihre Mähne entwirrten und die kleinen Hufe mit Öl einpinselten. Als sie fertig waren, traten die drei zurück und betrachteten andächtig ihr Werk. Oras Fell glänzte und die dichte dunkle Mähne fiel sanft auf ihren elegant geschwungenen Hals. Mika hatte sich nie Gedanken gemacht, ob Ora besonders gut aussah oder besonders schön lief. Sie hatte sie mit der Flasche aufgezogen, hatte ihre ersten Schritte miterlebt – Ora war einfach Ostwinds Tochter. Doch in diesem Moment sah sie das Fohlen zum ersten Mal mit fremden Augen. Und nun bemerkte sie es auch: Ora würde einmal ein wunderschönes Pferd werden. Auch wenn sie sich wenige Augenblicke später losriss, zurück zum Reitplatz galoppierte und sich so genüsslich im Sand wälzte, dass es in alle Richtungen staubte.

Piiiiiep. Pieeeep. Piiiiiep. Als Mika am nächsten Morgen widerwillig die Augen aufschlug, stand die Sonne bereits am Himmel und die Vögel lärmten aufgekratzt vor ihrem Fenster. Mit einem ungehaltenen Grunzen drehte sie sich auf die andere Seite und schob ihr Kissen über ihren Kopf, um das durchdringende Geräusch zu dämpfen, doch es nutzte nichts. Piiiiiep! drang es energisch an ihr Ohr, und plötzlich setzte sie sich mit einem Ruck auf. Das waren nicht die Vögel, die ihr seit einer guten Stunde ihren Morgenschlaf verdarben, das war – ihr Wecker! Besser gesagt: zwei ihrer Wecker, die sie am Abend vorsorglich gestellt hatte, um auf keinen Fall zu spät aufzuwachen. Und genau das war geschehen. Mika fluchte innerlich und sprang aus dem Bett. Sie hatte noch genau siebeneinhalb Minuten, um zu duschen, sich anzuziehen, in Ruhe zu frühstücken und sich insgesamt für den bevorstehenden Tag mit ihrer Großmutter zu wappnen.

Als sie achteinhalb Minuten später mit nassen Haaren und einem Apfel zwischen den Zähnen aus dem Haus gerannt kam, sahen ihr vier Augenpaare vorwurfsvoll entgegen. Genau genommen waren es nur drei vorwurfsvolle Augenpaare, denn Ora legte den Kopf schief und stieß ein fröhliches Wiehern aus, als sie Mika sah. Die anderen gehörten Sam, Tinka und Maria. Sie standen mit dem Fohlen vor dem großen Pferdehänger, der mit heruntergelassener Rampe abfahrbereit im Hof stand. Mika grinste entschuldigend. »Morgen!«

»Du bist zu spät«, stellte ihre Großmutter knapp fest und

sah sie missbilligend an. »Ich habe dir aber in weiser Voraussicht ein paar angemessene Kleidungsstücke eingepackt, sodass wir nicht noch mehr Zeit verlieren«, sagte sie. Sam kicherte.

»Bist du in einen Altkleidersack gefallen?«, flüsterte er ihr zu, während Tinka sie mit strahlenden Augen ansah.

»Cooler Look!«

Mika ignorierte beide Bemerkungen und rubbelte stattdessen Oras wollige Stirn.

»Okay, worauf warten wir noch?«, sagte sie und bemühte sich, heiter zu klingen.

»Na ja, wir versuchen seit einer Stunde …«, begann Sam und hielt inne. Denn Mika hatte dem Fohlen mit den Worten »Einsteigen, Tunichtgut!« einen sanften Klaps in Richtung Hänger gegeben und die kleine Stute war brav über die Rampe marschiert.

»Was versucht ihr?«, fragte Mika und sah in die Runde, aus der sie drei Augenpaare baff ansahen.

»Ora in den Hänger zu kriegen«, sagte Sam und schloss mit einem breiten Grinsen die Klappe hinter dem Fohlen, das begonnen hatte, seelenruhig Heu aus der Raufe zu zupfen.

4. Kapitel

Mein Gott! Maria Kaltenbach! Bist du es wirklich?« Mika seufzte ergeben und blieb zum hundertsten Mal stehen. Vor über einer Stunde hatten sie auf der weitläufigen Wiese geparkt, die mit flatternden Bändern zum Besucherparkplatz umfunktioniert worden war, und seitdem waren sie noch nicht einmal auf das Gelände der Ausstellung vorgedrungen. Fanny hatte recht gehabt: Maria Kaltenbach war unter Pferdeleuten so etwas wie ein Star – und das führte dazu, dass sie alle paar Meter von ihren Fans aufgehalten wurden. Abwesend schweifte Mikas Blick über das weitläufige Anwesen vor ihnen, das von einem eleganten weißen Zaun umgeben war. »Willkommen zur Landeszuchtschau Hessen« verkündete ein großes Banner, das über der von kugelförmigen Buchsbäumen gesäumten Einfahrt aufgespannt war.

»... und das ist meine Enkelin«, hörte sie ihre Großmutter gerade noch sagen, um rechtzeitig ein freundliches Lächeln aufzusetzen und die Hände zu schütteln, die ihr hingestreckt wurden.

»Hallo! Ja, das ist meine erste Ausstellung, und nein, ich bin nicht besonders aufgeregt«, sagte sie, um die Sache etwas abzukürzen. Maria warf ihr einen strafenden Blick zu, doch die kleine weißhaarige Dame lächelte sie unter ihrem riesigen Hut milde an.

»Das ist schön. Aber müsstest du nicht längst am Ring sein?« Mika blinzelte verwirrt.

»Am Ring?« Auch Maria sah alarmiert auf.

»Nun ja, die Fohlen sind als Erstes dran und vielleicht willst du dein kleines Goldstück ja noch ein bisschen zum Glänzen bringen, bevor es losgeht?« Sie nickte dezent zu Ora, die neben Mika stand und ihnen aufmerksam zuzuhören schien. Erst jetzt sah Mika, dass ihr kleiner, sonst schwarzer Kopf von einer dicken weißen Puderschicht bedeckt war und aussah, als hätte sie ihn in einen Mehlsack getaucht.

»Was …?« Mika sah sich um – und ihr Blick fand einen jungen Mann, der wenige Meter neben ihnen damit beschäftigt war, mit einem Eimer voller Kreide weiße Markierungen in das grüne Gras zu zeichnen.

»Dieses Fohlen bringt mich noch um den Verstand«, knurrte Maria Kaltenbach, doch da sie Publikum hatte, fand sie schnell die Contenance wieder. »Mika, du gehst bitte vor und bringst das in Ordnung und ziehst dich dann rasch um. Ich erledige die Anmeldung und wir sehen uns dann am Ring.«

»Natürlich, Oma«, sagte Mika und lächelte wie eine mustergültige Enkelin. Sie hatte zwar keine Ahnung, wo der Ring war, aber sie war dankbar für jede Beschleunigung. Sie nahm den Strick auf, der an Oras kleinem Lederhalfter befestigt war, und ging mit schnellen Schritten davon. »Maria Kaltenbach! – Ist das zu glauben!«, war das Letzte, das sie hörte, bevor sie in der Menge verschwand.

Der Ring, stellte Mika wenig später fest, war gar kein Ring, sondern ein großer eingezäunter Sandplatz, an dessen langer Seite sich eine schlichte Holztribüne erhob. In dem schneeweißen Sand, der jedem Karibikstrand Ehre gemacht hätte, standen zwei große Frauen und ein kleiner Mann, die mit ernsten Mienen die Fohlen beobachteten, die um sie herum im Kreis geführt wurden. An der Stirnseite des Platzes war eine kleine Bretterbude, in der ein Mann vor einem Mikrofon saß und mit monoton säuselnder Stimme die Vorgänge kommentierte. Er klang dabei wie eine Mischung aus Teleshopping-Verkäufer und Zirkusdirektor.

»Inn Rundeee zweiii seehen wirr nuuun Brillant Kasimir aus der Ebony's Hitgirl und Bombastic Elastic in Zirkeeel A. In Ziirkeel B wiird nuun vorgeesteellt Starlight Princess aus der Summer Sunshine und Diamond Shamrock.« Mika drehte den Kopf und sah im selben Moment, wie Marias Freundin Ingeborg mit einem braunroten Fohlen in den Ring schritt. Zumindest versuchte sie das. Auf den hohen Wangen ihres Raubvogelgesichts leuchteten bereits zwei tiefrote hektische Flecken, denn das Fohlen stemmte sich mit allen vier Hufen in den weichen Boden und wollte partout nicht weitergehen. Mit einem gequälten Lächeln schob Ingeborg das Hinterteil des kleinen Pferdes schrittweise vor, das diese Behandlung umgehend mit durchdringendem Wiehern quittierte.

»Sie ist eigentlich immer lammfromm, das ist sicher nur die Aufregung«, sagte eine freundliche Stimme, und Mika erkannte Ingeborgs dicklichen Mann, der neben ihr stand und seiner Frau besorgt zusah. Zerstreut lächelte er sie an. »Schön, dich wiederzusehen, Ora.« Er tätschelte den Kopf des Fohlens, das das Schauspiel auf dem Platz interessiert zu beobachten schien. Ihre Ohren zuckten aufmerksam und sie stieß ein leises Wiehern aus. Er sah Mika an, die ihm freundlich zugenickt hatte. »Gut siehst du aus, junge Dame.«

»Danke«, sagte Mika höflich, doch es klang nicht sehr überzeugt. In der weißen Reithose und dem weißen Poloshirt fühlte sie sich eher wie ein Bäckerlehrling. Oder wie ein englischer Butler, wenn man die weißen Handschuhe hinzuzählte, auf denen ihre Großmutter hartnäckig bestanden hatte. Doch offenbar war dieser alberne Aufzug tatsächlich vorgeschrieben, denn Mika sah, dass auch Ingeborg und ihre Konkurrenten im Ring ähnliche Outfits trugen. Sie seufzte.

»Aufgeregt?«, kam es mitfühlend von der Seite, doch Mika schüttelte den Kopf. War sie aufgeregt? Nein. Sie war sich einfach einmal mehr bewusst, dass das hier nicht ihre Welt war. Sie liebte Pferde, aber sie würde nie verstehen, warum es nicht genügte, mit ihnen in ihrer Welt zu leben. Draußen. In der Natur. In Freiheit. Ihr Blick schweifte über die Tribüne, die zu ihrer Überraschung spärlich besetzt war. Nur ein paar Zuschauer saßen verstreut auf den Holzbänken. Mika stutzte als sie bemerkte, dass gut die Hälfte davon Männer waren, die unauffällige beige Freizeitblousons trugen. Jeder von ihnen hatte ein Stativ vor sich aufgebaut, auf dem eine Kamera angebracht war, mit der sie die Fohlen im Ring verfolgten. Einige telefonierten dabei mit erster Miene, andere machten sich Notizen. Der dickliche Mann schien Mikas Blick bemerkt zu haben.

»Das sind Späher«, klärte er sie auf. »So nenne ich sie jedenfalls. Sie sind meist im Auftrag von reichen oder ausländischen Kunden da, immer auf der Suche nach dem nächsten Wunderpferd. Wie die Geier!« Er schüttelte den Kopf. »Aber unsere Starlight Princess kriegen sie nicht!«, sagte er finster.

Sie wandten sich beide wieder dem Ring zu, in dem es nicht aussah, als müsste er sich deswegen Sorgen machen. Starlight Princess hatte sich endgültig dazu entschlossen, keinen Schritt mehr zu tun. Sie stand mit trotziger Mine vor der Richterin und als Ingeborg einen weiteren Versuch machte, sie vorwärts zu schieben, hob sie den Schwanz und ließ ungerührt vier perfekt geformte Pferdeäpfel fallen, um ihrer Haltung Nachdruck zu verleihen. Mika grinste. Sie konnte es der kleinen Stute wirklich nicht verübeln, bei diesem Spektakel nicht mitmachen zu wollen. Und insgeheim freute sie sich schon auf das, was auch immer Ora einfallen würde, wenn sie an der Reihe war.

»Sooo, das giibt eiine 5,3 für Exterieur, eine 4,6 für Interieur und eine… oh … 1,2 füüür Gang bei Starlight Princess, gezüchtet und vorgesteellt von Ingeeboorg Raauschenbeerg«, näselte die Stimme des Sprechers über den Platz. Mika hatte Mitleid mit Ingeborg, die mit hängendem Kopf den Ring verließ – gefolgt von Starlight Princess, die schwungvoll hinter ihr her trabte, als habe sie nie etwas anderes vorgehabt. Ihr Ehemann nickte Mika freundlich zu und mit einem »Viel Glück! Wir sehen uns beim Dinner!«, eilte er zu seiner sichtlich geknickten Frau.

»Dinner?«, echote Mika entgeistert, doch bevor sie diesen erschreckenden Gedanken zu Ende denken konnte, nahm sie im Augenwinkel eine Bewegung wahr. Ihre Großmutter war in der ersten Reihe der Tribüne aufgetaucht und gestikulierte wild zu ihr herüber.

»Was?« Mika gab sich alle Mühe, Marias Zeichensprache zu verstehen, aber für sie sah es aus, als wolle ihre Großmutter entweder einen Brand löschen oder – »Gleich ... dran!«, wehte es zu ihr herüber, und Mika fühlte, wie ihr Herz einen Stock tiefer sank. Plötzlich war sie doch aufgeregt. Sie sah Ora an, die immer noch brav neben ihr stand.

»Na, wenigstens du siehst zuversichtlich aus«, sagte sie leise. Sie kämmte dem Fohlen mit den Fingern die seidige Mähne. »Versuch dich zu benehmen, okay? Für Oma!« Ora sah sie an und Mika fühlte wie eine warme Welle der Zuneigung zu diesem kleinen Wesen ihre Brust flutete. Sie straffte ihre Schultern und blickte dann zu ihrer Großmutter. Maria Kaltenbach saß kerzengerade auf der Tribüne. Es waren auf einmal ein gutes Dutzend mehr Zuschauer auf den Rängen und Mika erkannte einige von ihnen wieder. Sie grinste. Offenbar hatte sich herumgesprochen, dass Maria Kaltenbach sich heute hier die Ehre geben würde. Als hätte der Showsprecher just denselben Gedanken gehabt, verkündete seine ölige Rummelplatz-Stimme:

»Uund in Ziirkel A zeeigen wir nuun das näächste Fohlen, gezüchtet von«, er machte eine dramatische Pause, »Maaria Kaaltenbach! Die wir an dieser Stelle ganz herzlich mit eiinem kleiinen Applaus begrüüßen wollen!«

Die Zuschauer klatschen bereitwillig und Marias Gesicht nahm eine zartrosa Farbe an. Sie nickte bescheiden in die Runde – und nur Mika sah den verstohlen sorgenvollen Blick, mit dem sie ihr zunickte. Die beigen Männer rückten ihre Stative zurecht, Mika atmete tief durch und betrat den Ring.

»Hier nuun alsoo: Ora. Mutter: Neverland's Tinkerbell –« Für einen Sekundenbruchteil hielt Mika inne. Sie hatte den richtigen Namen von Oras Mutter noch nie gehört – und war plötzlich sehr froh, dass sie die wilde Schimmelstute nach ihrer Befreiung schlicht 34 getauft hatten. »– uuund Vater: Ooostwind. Der, wie sie vielleicht oder auch nicht wissen, in direkter Linie auf die legendääre Hessenstute Haallaa zurückgeht! Wir sind seehr gespannt, wie sich ihre Urenkelin heute präsentieren wiiiird!« Die Stimme des Sprechers überschlug sich fast vor Begeisterung und Mika fühlte, wie alle Augen auf sie und Ora gerichtet waren. Das Fohlen neben ihr machte im Stand einen kleinen Bocksprung und wieherte aufgeregt. Was machen wir hier eigentlich, schoss es Mika ein letztes Mal durch den Kopf, dann streckte sie das Kinn vor und schritt tapfer auf die drei wartenden Preisrichter zu. Sie hoffte inständig, dass Ora wenigstens so lange kooperieren würde, bis sie den zugewiesenen Zirkel erreicht hatten. »Augen geradeaus, Knie durchgedrückt, Führhand im rechten

Winkel«, hörte sie die Stimme ihrer Großmutter in ihrem Kopf und bemühte sich, all das zu beherzigen und dabei nicht auszusehen wie ein Storch mit Arthrose. In diesem Moment sah sie, wie die Mienen der Richter, die sie fast erreicht hatte, sich veränderten. Waren sie eben noch freundlich gelangweilt, sahen sie ihr nun mit einem Ausdruck von wachsendem Staunen entgegen. Oh nein! Zwar spürte sie das Fohlen warm an ihrer Seite, aber Ora hatte zweifellos einen Weg gefunden, sich irgendwie ungebührlich zu benehmen. Ohne den Kopf zu drehen, schielte Mika nach rechts. Und dann erschien auf ihrem Gesicht derselbe staunende Ausdruck. Denn Ora stellte nichts an. Ora schritt über den schneeweißen Sand wie eine Prinzessin zu ihrer Krönung. Sie hatte den Kopf leicht gesenkt und mit weiten schwungvollen Schritten setzte sie einen schlanken Fuß vor den anderen. Als sie schließlich in dem mit einem bunten Seil eingefassten Zirkel angelangt waren, dauerte es einen Moment, bis zumindest einer der Preisrichter sich soweit sortiert hatte, um Mika zuzunicken. Die beiden großen Frauen nämlich konnten ihren Blick nicht von Ora wenden, die in vollendeter Anmut so neben ihr stehen geblieben war, dass die Sonne ihr schwarzes Fell perfekt zum Strahlen brachte. Die drei tauschten vielsagende Blicke, während sie um Ora herumgingen und sich dabei murmelnd Notizen auf ihren Clipboards machten. Das Fohlen stand immer noch in Pose wie eine Statue, doch Mika schluckte. Sie sah nämlich, dass dem kleinen Mann der Zipfel eines buntkarierten Schnupftuchs aus der Hosentasche ragte, mit dem er Oras kleinem Maul eben gefährlich nahe kam. Oras Nüstern bebten – doch nichts geschah. Unglaublich! Mikas Mundwinkel zuckten nach oben. Kurz sah sie zur ihrer Großmutter, die sich vorgebeugt hatte und das Geländer der Tribüne so fest umklammerte, dass sich ihre Knöchel weiß verfärbt hatten.

»Trab bitte«, krächzte der kleine Mann und lächelte Mika aufmunternd an. Sie nickte.

»Kommst du?«, sagte sie leise zu Ora und beschleunigte dann ihren Schritt, wie sie es mit Maria geübt hatten. Und ohne einen Moment des Zögerns setzte sich das Fohlen in Bewegung und trabte in perfektem Gleichschritt neben Mika im Kreis.

»Oh mein Gott!«, entfuhr es einer der Richterinnen unwillkürlich. Doch Mika hörte nichts mehr. Sie spürte den Wind, der in ihre langen Haare fuhr, den gleichmäßigen Hufschlag der kleinen Stute neben sich und ihr Herz, das den Schlag von Oras kleinem Herzen suchte und fand. Sie schloss die Augen. Und war nicht mehr auf einem gestriegelten Sandplatz, umgeben von fremden Menschen mit seltsamen Hüten, sondern spürte dürres Gras unter ihren nackten Füßen. Und plötzlich war da noch ein Pferd an ihrer Seite. Sein vertrauter dunkler Schatten fiel auf ihr Gesicht und Mika wurde schneller. Und schneller. Bis eine schrille Stimme sie unsanft aus ihrem Tagtraum riss.

»Das reicht, das reicht – Galopp ist gar nicht nötig!« Mika öffnete die Augen und lief langsam neben Ora aus, die ihren runden Galopp ebenfalls elegant abbremste. Die drei Richter standen da und sahen sie tadelnd an.

»Tschuldigung«, keuchte Mika atemlos und bemühte sich, schnell wieder die vorgeschriebene Pose einzunehmen. Der kleine Mann nickte gnädig.

»Danke! Wenn sie einen Moment warten, dann bekommen sie gleich die Wertung«, sagte er und zwinkerte Mika dabei verschwörerisch zu. Die drei ungleichen Gestalten steckten die Köpfe zusammen, dann flüsterte eine der Frauen in ein kleines Mikrofon, das an dem Revers ihres Tweedjacketts befestig war. Mika sah Ora an, die den Kopf schief legte. Das war's schon, schien ihr Blick zu sagen und Mika schüttelte ungläubig den Kopf und lächelte. Das Fohlen hatte sie heute zum ersten Mal wirklich überrascht. Und da ertönte schon die körperlose Stimme des Showleiters über ihren Köpfen.

»Meeine Daamen und Heerren, hier nun die Weertung für Oora aus der Zuucht des Geestüts Kaaltenbach …« Doch dann verlor seine Stimme ihren übertriebenen Klang und wurde ganz normal. »Moment, äh, kann das stimmen?« Die drei Richter drehten sich zu der kleinen Holzhütte und nickten synchron. »Also dann«, fuhr er verwirrt fort, »haben wir hier eine Wertung, wie ich sie in meiner 23-jährigen Laufbahn noch nicht erlebt habe.«

»Dann spuck es aus«, brüllte ein rotgesichtiger Mann ungeduldig aus dem Publikum und Mika sah, dass ihre Großmutter aufgestanden war.

»Schon gut! Die Wertung lautet«, kam es nun beleidigt aus dem Lautsprecher, »9,8 für Exterieur. 9,2 für Interieur und … 10,0 für Gang!« Auf den Rängen brach lautstarker Jubel aus und erstickte fast den Rest der Durchsage. »Mit einer Gesamtnote von 9,6 ist das unser neuer Ausstellungsrekord!«

Und in dem allgemeinen Trubel bemerkte niemand außer Mika, dass der Gegenstand der ganzen Aufregung in diesem Augenblick mit erhobenem Kopf und einem buntkarierten Tuch im Maul übermütig aus dem Ring jagte.

Bunte Lampionketten schaukelten sanft in der bläulichen Dämmerung des Sommerabends über einem perfekt manikürten englischen Rasen, auf dem sich die Besucher der Ausstellung zum Champagner-Empfang versammelt hatten. Mika fläzte etwas abseits in einem der vielen weißen Liegestühle, die locker auf der großen Wiese verteilt waren und beobachtete mit einem leisen Lächeln ihre Großmutter. Maria stand in einiger Entfernung unter dem Dach eines Pavillons umringt von Gratulanten und Bewunderern, und das Strahlen auf ihrem Gesicht verriet Mika, dass sie die Aufmerksamkeit in vollen Zügen genoss. Zufrieden schloss sie die Augen und dachte an Ora, die sie kurz zuvor in ihre Box gebracht hatte. Für einen Moment hatte sie sich Sorgen gemacht, ob sich das Fohlen allein in dem fremden Stall fürchten würde. Doch Ora war ohne zu zögern in ihr Nachtquartier getrottet, hatte ihre beiden Nachbarpferde freundlich beschnuppert, sich dann mit einem zufriedenen Schnauben im Stroh zusammengerollt und war sofort eingeschlafen. Das Klingeln ihres Handys ließ Mika zusammenfahren. Sie öffnete die Augen und tastete automatisch nach ihrer Hosentasche – doch da war keine. Das bodenlange lilafarbene Kleid, das ihre Großmutter so bezaubernd fand, hatte nämlich unpraktischerweise keine Taschen. Und deshalb setzte Mika sich mit einem verächtlichen Grunzen auf, beugte sich hinunter und befreite ihr Handy aus ihrem linken Turnschuh.

»Und?«, kam Sams Stimme prompt aus dem Hörer. »Wie geht's? Wo bist du gerade?«

»Ich bin auf der Hochzeit von Kate und Prinz William«, sagte Mika würdevoll.

»Hä?«, kam es verwirrt zurück. Mika vergaß immer wieder, dass Sam noch nie viel Sinn für Ironie gehabt hatte.

»Ich bin auf dem Abschlussdinner«, erklärte sie deshalb. »Und hier sind Frauen mit Hüten und Kellner im Frack und es gibt einen Schwan aus Butter am Büffet.«

»Hä?«

Mika verdrehte die Augen. »Party!«

»Ach so, sag das doch gleich«, sagte Sam beleidigt. »Und ... wie lief es mit Ora? Ich hoffe, sie hat uns nicht zu sehr blamiert?«

Mika grinste. »Nicht allzu sehr.«

Sam wurde ungeduldig. »Was heißt das? Wie war die Wertung? Mann, Mika!«

»Ganz okay. Ich hab mir die Zahlen nicht gemerkt.«

»Was? Das gibt's doch nicht!« Mika konnte hören, wie Sam die Augen rollte.

»Ist doch auch egal. Oma ist jedenfalls glücklich, und ich bin glücklich, wenn wir morgen wieder zu Hause sind.«

»Jetzt reiß dich zusammen und erinnere dich! Ich hab hier ne Wette mit Tinka laufen und wenn ich gewinne, kann ich morgen ausschlafen und sie mistet!«

»Irgendwas mit 9 Komma irgendwas«, sagte Mika gleichgültig und zupfte an einer der vielen lila Rüschen ihres Kleides.

»WAS?« Sam sprang fast durch den Hörer. »Quatsch. Das kann nicht sein! Gib mir sofort Frau Kaltenbach!«

Mika fühlte einen leisen Widerwillen in sich aufsteigen. Ja, sie war auch stolz auf Ora, aber diese ganze Aufregung nur wegen ein paar dummer Zahlen.

»Mika!« Sam klang fast hysterisch.

»Ja, schon gut, ich geh ja schon«, brummte sie und stand auf.

Maria Kaltenbach hatte sich eben mit einem entschuldigenden Nicken aus der Mitte ihrer Fans gelöst, um sich ein neues Glas Champagner zu holen, als Mika auf sie zuging. Sie hielt das Handy hoch und wollte ihr gerade zurufen, als sie plötzlich wie angewurzelt stehen blieb. Offenbar hatte noch jemand anderes auf eine Gelegenheit gewartet, Maria allein zu sprechen und dieser Jemand kam mit schnellen Schritten über den Rasen auf sie zu. Mika hatte sein Gesicht nicht gesehen, aber die hochgewachsene Gestalt mit den silbergrauen Haaren hätte sie überall erkannt.

»Maria! Auf ein Wort!«

Mika wurde kalt. Die Stimme ließ ihre letzten Zweifel schwinden. Und in diesem Moment drehte ihre Großmutter sich um. Das erwartungsvolle Lächeln auf ihrem geröteten Gesicht gefror.

»Hanns«, sagte sie einfach und ihre sonst so feste Stimme zitterte ein bisschen. Hanns de Burgh war einmal ihr Schüler gewesen, ihr Liebling, dank ihr hatte er eine großartige Karriere als Springreiter gemacht, doch dann hatte er sie bitter enttäuscht. Mika erinnerte sich noch gut daran, wie er letztes Jahr versucht hatte, Ostwind zu kaufen und es ihm um ein Haar auch gelungen wäre. Mit angehaltenem Atem duckte sie sich hinter einen Tisch, auf dem eine kunstvolle Pyramide aus Champagnergläsern aufgetürmt war und beobachtete, wie Hanns mit einem entwaffnenden Lächeln die Hand ausstreckte.

»Lass uns die Vergangenheit begraben, Maria, ja?« Und als Maria keine Anstalten machte, sie zu ergreifen, ließ er seine Hand sinken und fügte sanft hinzu: »Na komm, am Ende sind wir beide doch aus demselben Holz geschnitzt.« Maria sah ihn ruhig an.

»Ja, das dachte ich einmal. Bis du mich eines Besseren belehrt hast.« Hanns trat einen Schritt zurück. Das Lächeln verschwand und seine eisblauen Augen taxierten Maria für einen Moment. Dann änderte er seine Taktik.

»Wie dem auch sei. Ich bin Geschäftsmann – damals wie heute – und ich habe ein Angebot für dich. Ein gutes Angebot«, fügte er hinzu. Wenige Meter von ihm entfernt klammerte Mika sich so fest an die Tischkante, dass der Champagnerturm vor ihr leise zu klirren begann.

Maria lächelte kalt. »Wieso nur überrascht mich das nicht?«

Doch Hanns ließ sich durch den schneidenden Tonfall nicht beirren. »300 000«, sagte er und sah sie fest an.

Für einen Moment schien Maria tatsächlich beeindruckt. »Für … ein Fohlen?«, brachte sie ungläubig hervor und Hanns nickte ernst.

»Aber woher weißt du …? Ich habe dich am Ring gar nicht gesehen.« Hanns zuckte die Schultern.

»Das muss dich nicht kümmern. Ich habe meine Quellen. Also?« Er blickte sich irritiert um, denn die Glaspyramide neben ihm hatte bedrohlich zu schwanken begonnen. Maria sah ihn immer noch an.

»Bist du sicher, dass du weißt, was du tust? 9,6 ist eine sagenhafte Wertung, aber wir beide wissen, dass kein Fohlen auf der Welt so viel Geld wert ist. Das ist eine Momentaufnahme, niemand kann sagen, wie Ora sich entwickeln wird«, sagte sie und es klang fast besorgt. Hanns schüttelte unwillig den Kopf.

»Wie gesagt, das muss dich nicht kümmern. Du bist Geschäftsfrau und ich weiß, du erkennst ein einmaliges Angebot. Ich denke nicht, dass euer …«, er schnaubte verächtlich, »Therapiezentrum langfristig genug abwirft, um eine erfolgreiche Zucht neu aufzubauen. Und das ist es doch, was du willst?«

Durch den Glasturm vor sich sah Mika, wie ihre Großmutter tief durchatmete.

»Halloooo?«, drang Sams fragende Stimme von weit weg an ihr Ohr, doch sie schenkte ihm keine Beachtung. Stattdessen kämpfte sie den Impuls nieder, über den Tisch zu springen und Hanns de Burgh an die Gurgel zu gehen. Nein! Diesmal würde sie ihrer Großmutter vertrauen. Doch Maria ließ sich Zeit mit ihrer Antwort. Sie schien nachzudenken.

»Ja, ich hatte daran gedacht, wieder zu züchten«, sagte sie. »Und tatsächlich wäre das eine Summe, mit der ich einiges anfangen könnte. Wenn das wirklich dein Ernst ist?«

Hanns sah überrascht auf. »Ja! Mein voller Ernst! Wir könnten die Sache gleich hier abwickeln! Ich nehme das Fohlen mit, du bekommst das Geld. In bar, hier und heute.« Ein leises Lächeln spielte um Marias Lippen.

»In bar?«, sagte sie und es klang ehrlich beeindruckt. »Wenn das so ist, dann …« Und in diesem Moment hielt Mika es nicht mehr aus. Sie konnte sich nicht dagegen wehren, es riss sie förmlich nach vorn. Mit einem ohrenbetäubenden Klirren brach der filigrane Gläserturm zusammen, als sie zitternd vor Wut zwischen die beiden sprang.

»Nein!«, schrie sie zornig. Oder sie dachte, sie hätte es geschrien, denn ihre Großmutter hatte im selben Moment genau das Gleiche gesagt.

»Nein, danke!«, wiederholte Maria Kaltenbach ruhig. Mikas Auftritt hatte sie nicht im mindesten aus der Ruhe gebracht. Hanns starrte die beiden entgeistert an. Er hatte eine ordentliche Dusche Champagner abbekommen und für einen Moment schien es ihm die Sprache verschlagen zu haben. Maria legte beruhigend eine Hand auf Mikas Schulter und schenkte Hanns ein freundliches Lächeln.

»Ich habe dich immer für einen guten Geschäftsmann gehalten, Hanns, aber offensichtlich habe ich dir weniger beigebracht, als ich dachte. Und selbst wenn ich Ora jemals verkaufen würde, was ich nicht tue, dann sicher nicht an dich.« Und dann, als wäre der große Holländer gar nicht mehr da, wandte sie sich an Mika. »Mein Gott! Das schöne Kleid! Kannst du nicht einmal für zehn Minuten ordentlich aussehen!« Mika stand da wie ein begossener Pudel und starrte ihre Großmutter an, die ihr trotz ihres strengen Tonfalls zuzwinkerte.

»Das wirst du eines Tages bereuen«, stieß Hanns hervor, drehte sich um und ging wütend davon. Für einen Moment sahen sich Großmutter und Enkelin an, doch dann brüllte es so laut »MIKAAA!«, dass Maria erschrocken zusammenzuckte. Und Mika sah, dass sie immer noch ihr Handy umklammert hielt. Sie nahm es ans Ohr, ohne den Blick von Maria zu wenden.

»9,6«, sagte sie tonlos, legte auf und fiel ihrer Großmutter um den Hals.

5. Kapitel

300 000 Euro. Er muss wirklich den Verstand verloren haben«, sagte Maria und schüttelte zum hundertsten Mal an diesem Abend den Kopf. Sie stand in der Tür des Badezimmers, in dem Mika sich gerade die Zähne putzte und verstaute die letzten grauen Haarsträhnen sorgfältig unter der weißen Schlafhaube. Mika sagte, wie schon 99 Mal zuvor, nichts dazu. Zum einen hatte sie den Mund voller Schaum, zum anderen wollte sie diesen Teil des Tages so schnell wie möglich vergessen. Sie hatte sich nur allmählich von den schmerzhaften Erinnerungen erholt, die Hanns de Burghs Kaufangebot in ihr wachgerufen hatte. Einen schrecklichen Moment lang hatte sie tatsächlich gedacht … Sie schüttelte unwillig den Kopf und spritzte dabei eine weiße Fontäne Zahnpasta an den makellosen Kristallspiegel. Fast schämte sie sich, dass sie ihrer Großmutter nicht vertraut hatte, aber der Gedanke, Ora zu verlieren, war einfach unerträglich gewesen.

Als sie kurz darauf zurück in das mondäne Hotelzimmer kam, das sie mit ihrer Großmutter teilte, lag die alte Dame schon in einem der beiden riesigen Betten, die in der Mitte des Zimmers nebeneinander standen. Sie hatte ihre Nachttischlampe bereits gelöscht, die Augen geschlossen und lehnte mit vor der Brust gefalteten Händen in den hohen Kissen wie eine Mumie. Mika lächelte.

»Danke, Oma«, flüsterte sie, doch Maria schien bereits zu schlafen, denn sie zeigte keine Regung. Auf Zehenspitzen schlich Mika zu ihrem Bett. Als sie hineinstieg überlegte sie kurz, wie es ihrer Großmutter wohl gelungen war, mit ihrer kaputten Hüfte in dieses plüschige Monstrum zu klettern, doch dann hielt sie inne. Für einen Moment saß sie auf der Bettkante, von der aus ihre Beine kaum den Boden erreichten, dann schnappte sie sich eines der dicken Kissen und wollte gerade aufstehen, als eine strenge Stimme sie jäh bremste.

»Auf gar keinen Fall!« Erschrocken sah Mika hinüber zu Maria, die immer noch mit geschlossenen Augen dalag.

»Was denn?«, versuchte sie es unschuldig, aber Maria öffnete die Augen und sah sie missbilligend an.

»Es wird dir ja wohl möglich sein, eine Nacht in einem normalen Bett zu schlafen wie andere Menschen auch«, sagte sie und schloss die Augen wieder.

»Also erstens ist das kein normales Bett, sondern eher ne Hüpfburg«, begehrte Mika trotzig auf. »Und zweitens wollte ich nur mal eben kurz sehen, ob es Ora gut geht. Ich hab so ein komisches Gefühl, sie da allein zu lassen.«

»Sie ist nicht allein. Sie ist ein Pferd in einem Stall voller Pferde. Und ich möchte einfach nicht, dass du morgen das arme Stallpersonal zu Tode erschreckst, weil du nur mal eben kurz bei ihr eingeschlafen bist«, kam es prompt zurück.

»Aber …«

»Ende der Diskussion. Gute Nacht!«

»Gute Nacht!«, antwortete Mika lahm und schwang missmutig ihre Beine zurück ins Bett. Sie sank in den Kissenberg und musste erstaunt feststellen, dass es tatsächlich ziemlich gemütlich war. Sie drehte den Kopf und sah verstohlen zu ihrer Großmutter. Dann begann sie, geräuschvoll und möglichst gleichmäßig zu atmen.

»Denk nicht einmal dran«, knurrte es aus dem Bett nebenan. »Ich habe einen sehr leichten Schlaf.«

Mika gab auf. Sie seufzte ergeben, kuschelte sich in die weichen Daunen und im nächsten Moment war sie tatsächlich eingeschlafen.

Als sie aufwachte, war es um sie vollkommen dunkel. Mika atmete schwer und versuchte, ihren rasenden Puls unter Kontrolle zu bringen. Sie spürte ihr Herz, das aufgeregt gegen ihre Rippen schlug wie ein verzweifelter Vogel, der sich den Flügel gebrochen hatte. Das war nur ein Traum. Nur ein Traum. Nur ein Traum, sagte sie sich immer wieder und langsam schien dieses Mantra zu wirken. Sie starrte in die Dunkelheit. Seit Monaten träumte sie immer wieder von Ostwind, doch es waren immer schöne Träume gewesen, in denen sie spielten, über die weite Ebene jagten und manchmal saß sie einfach neben ihm im Gras und spürte seine vertraute Wärme neben sich. Doch dieser Traum war anders gewesen. Etwas war passiert. Aber je mehr Mika versuchte, sich daran zu erinnern, umso nebulöser wurde alles. Sie robbte durch die Kissenberge zu ihrem Nachttisch, auf dem ihr Handy lag. 4:45 –

zu früh, um in Spanien auf der Hacienda Petros anzurufen. Sam, die ohnehin jeden Tag vor Sonnenaufgang aufstehen musste, wäre wohl kaum erfreut, noch eine Stunde früher als sonst, aus dem Schlaf gerissen zu werden.

»Alles okay bei euch?«, tippte Mika deshalb in ihr Handy und drückte auf Senden. Dann ließ sie das Telefon auf ihren Bauch sinken und stellte sich darauf ein, die nächste Stunde auf Sams Antwort zu warten. An Schlaf war sowieso nicht mehr zu denken. Es ist nichts passiert. Es ist alles okay mit Ostwind. Alles okay mit Ostwind, begann sie ein neues Mantra, um den verletzten Vogel zu beruhigen, der schon wieder neue Attacken gegen ihren Brustkorb flog. Das Handy surrte und Mika riss es hoch.

»Alles okay mit Ostwind«, stand da in einer kleinen blauen Sprechblase und Mika atmete erleichtert auf.

»Ich schätze, das war die Frage«, ploppte die nächste Nachricht auf. »ICH bin nämlich weniger okay, wenn man mich UM VIERTEL VOR FÜNF AUFWECKT!«

»Sorry«, tippte Mika hastig zurück. »Schlaf weiter. Danke!«

»GRRRMPF!«, kam es zurück und dann versöhnlicher: »Mach dir keine Sorgen. Es geht ihm wirklich gut.«

Mika lächelte in die Dunkelheit. Sie vermisste das kratzbürstige Mädchen, das durch einen absurden Zufall denselben Namen trug wie ihr bester Freund. Als Mika in Spanien gewesen war, waren die beiden ebenfalls Freunde geworden und nun telefonierten sie regelmäßig und Sam hielt sie über die Ereignisse auf der Hacienda auf dem Laufenden. Wieder surrte ihr Handy und diesmal war es ein

Foto, das Sam geschickt hatte. Und Mikas Herzschlag beruhigte sich sofort, als sie es öffnete. Da war Ostwind. Er stand inmitten seiner Herde und sah mit schief gelegtem Kopf in die Kamera. Mika musste unwillkürlich lächeln, denn genau diese Kopfhaltung kannte sie nur zu gut.

»Jep, das hat die Kleine von dir«, sagte sie und legte das Handy behutsam zurück auf den Nachttisch. Sie seufzte tief und schloss beruhigt die Augen. Alles war gut – und in wenigen Stunden würden sie schon wieder zu Hause sein.

Genau 2574 Kilometer entfernt lag Sam hellwach in ihrem Bett und sah zu, wie sich vor ihrem Fenster der Himmel langsam rot färbte. Nach Mikas besorgter SMS hatte sie nicht mehr einschlafen können und nun beschloss sie, dass sie genauso gut aufstehen und nach den Jungstuten sehen konnte, deren unruhiges Wiehern durch das offene Fenster zu ihr drang. Sie kletterte aus dem Bett und suchte den Boden nach einer Jeans ab, die noch einigermaßen sauber war. Wieder hörte sie die Stuten, die durch irgendetwas alarmiert schienen. Gähnend wuschelte Sam sich durch ihre kurzen braunen Haare und tappte zum Fenster, um zu sehen, ob Nerida, die freche kleine Scheckstute, schon wieder den Zaun eingerissen hatte. Sie sah hinunter auf den großen Hof der Hacienda, der friedlich in der Morgendämmerung lag. Ihr Blick wanderte weiter zu ein paar Hühnern, die neben dem kleinen Brunnen im Sand scharrten. Und dann sah sie es. Sams Augen wurden groß. Sie wusste nun, was die jungen Stuten so in Aufregung versetzt hatte. Denn dort, unter der großen Pinie stand ein schwarzer Hengst, der in diesem Moment den Kopf herumwarf. Als ihre Blicke sich trafen stieg er mit einem durchdringenden Wiehern auf die Hinterbeine und galoppierte auf die andere Seite des Hofes, wo er schnaubend stehen blieb. Sam brauchte einen Moment, um zu begreifen, was sie da sah. Das konnte nicht sein! Mit ihrer Tante Tara hatte sie die Herde erst vor zwei Tagen besucht, die sich gerade gute zwanzig Kilometer entfernt in einem Tal aufhielt. Und doch bestand kein Zweifel. Das da unten war Ostwind. Und wie es aussah, hatte er die Herde verlassen.

Als Sam wenige Minuten später atemlos in den Hof gerannt kam, stand Ostwind immer noch da. Er tänzelte unruhig auf und ab und sah sie mit erhobenem Kopf und gespitzten Ohren an, als sie langsam auf ihn zuging.

»Hey«, sagte sie beruhigend, doch es galt mehr ihr selbst als dem Hengst. Sie hatte großen Respekt vor diesem Pferd, dessen wilde, ungezähmte Energie sie mit jedem Schritt, den sie auf ihn zuging, stärker spürte. Die feinen Haare auf ihren Armen richteten sich alarmiert auf.

»Was machst du hier, Ostwind?«, fragte sie und blieb schließlich einige Meter vor ihm stehen. Sie hatte zwar gesehen, wie sanft der Hengst im Umgang mit Mika war, aber sie fühlte deutlich, dass er dieses Privileg nicht ohne Weiteres auf den Rest der Menschheit übertrug. Doch nun senkte er den Kopf und kam auf sie zu. Ein Zittern lief über sein dunkles Fell, als Sam ihm vorsichtig über die Stirn strich. Fieberhaft überlegte sie, was passiert sein konnte. Er musste die Herde verloren haben und dann den vertrauten

Weg zur Hacienda gelaufen sein. Das war zwar absurd, aber die einzig mögliche Erklärung. Aus seinen goldenen Augen sah Ostwind sie abwartend an und Sam hätte schwören können, dass er darauf wartete, dass sie etwas tat. Nur was?

»Keine Sorge, ich bring dich zurück«, sagte sie plötzlich entschlossen. Und genau das würde sie tun. Und während sie mit schnellen Schritten zum Stall ging, um ihr eigenes Pferd zu holen, beschloss sie, Mika vorerst nichts von diesem Zwischenfall zu erzählen. Die Trennung von Ostwind war schwer genug für sie gewesen und es gab keinen Grund, sie unnötig zu beunruhigen.

Doch Mika war beunruhigt. Sie war nach dem nächtlichen Albtraum zwar wieder eingeschlafen, doch als sie in ihrem luxuriösen Hotelbett erwachte, spürte sie immer noch einen seltsamen Druck in der Herzgegend. Sie setzte sich auf und sah, dass ihre Großmutter bereits aufgestanden war, denn ihr Bett war leer und ordentlich gemacht. Mika schüttelte belustigt den Kopf. Offenbar konnte Maria Kaltenbach es nicht einmal in einem Hotel ertragen, ein ungemachtes Bett zu hinterlassen. Sie stand auf und sah aus dem Fenster in einen grauen, wolkenverhangenen Himmel, aus dem ein unentschlossener Nieselregen fiel. Wahrscheinlich lag es einfach an diesem ungemütlichen Wetter, dass sie sich fühlte, als hätte jemand einen Sack Zement auf ihrer Brust abgestellt und dort vergessen. Sie atmete tief durch und dachte an Ora, die wahrscheinlich gerade ihren kleinen Kopf in einen Eimer Müsli versenkte.

Unwillkürlich musste sie lächeln, wie immer, wenn sie an das kleine Fohlen dachte. Wenn jemand Regenwetterlaune vertreiben konnte, dann Ora. Mika beschloss, das Frühstück ausfallen zu lassen und gleich in den Stall zu gehen. Ihrer Großmutter würde das zwar nicht gefallen, aber manchmal musste man eben Prioritäten setzen.

Als Mika das helle moderne Stallgebäude betrat, war zu ihrer Überraschung das Erste, was sie sah, ihre Großmutter. Auf ihren Stock gelehnt stand sie in der Mitte der Stallgasse und redete auf einen dünnen Mann mit fettigen Haaren ein, der mit hängenden Schultern vor ihr stand und mit jedem ihrer Worte ein Stück zu schrumpfen schien. Mika grinste. In Maria Kaltenbachs Augen war jeder Stallbursche, mit Ausnahme von Samuel Kaan, unfähig und nicht in der Lage, Pferde nach ihren Vorstellungen zu versorgen. Wahrscheinlich hatte der arme Mann Ora das Frühstück zu spät, zu früh oder in einem ungeeigneten Behälter serviert und nun musste er die Konsequenzen tragen.

»Das wird ernste Konsequenzen für Sie haben!«, sagte ihre Großmutter tatsächlich gerade, als Mika langsam näher kam. Sie fand aber, dass Marias Ton wirklich ein bisschen zu scharf war.

»Na, so schlimm wird's nicht sein, Oma«, sagte sie mit einem beschwichtigenden Lächeln, als sie zu ihnen trat. Maria Kaltenbach fuhr herum – und ihr Gesichtsausdruck ließ Mika das Blut in den Adern gefrieren.

»Mika«, brachte sie mühsam hervor und es klang, als wäre sie kurz vor dem Ertrinken.

Mika stand einfach nur da. Sie wollte keinen weiteren Schritt tun, sie wollte kein weiteres Wort hören, sie wollte einfach nur zu ihrem Fohlen. Doch der blasse Stallbursche konnte das nicht wissen. Er sah sie flehend an.

»Bei meinem letzten Rundgang gestern Abend war alles in Ordnung. Und heute Morgen dann ... Ich kann mir das nicht erklären! Das ist noch nie passiert«, jammerte er hilflos.

Doch Mika schob ihn einfach wortlos zur Seite. Sie sah Oras bunte Siegerschleife, die noch an der Boxtür befestigt war und spürte plötzlich einen heftigen Schmerz, der von ihrem Herzen ausging und ihren gesamten Körper erfasste. Sie musste all ihre Kraft zusammennehmen, um die schwere Tür der Box aufzuschieben, in der sie das Fohlen gestern zurückgelassen hatte. Und obwohl alles in ihr das Gegenteil hoffte, wusste Mika, was sie sehen würde, bevor sie es tat: Die Box vor ihr war leer. Ora war nicht mehr da.

Einen Augenblick lang spürte sie nichts. Blut rauschte in ihren Ohren und ihre Gedanken rasten in ihrem Kopf. Ora war ausgebrochen. Ihr war langweilig geworden und nun lief sie munter über das Gelände auf der Suche nach Abenteuern. Jeden Moment würde ihr fröhliches Wiehern ertönen.

Wie aus weiter Entfernung drang die Stimme ihrer Großmutter an ihr Ohr. »Und sie kann nicht doch ausgebrochen sein?«

»Unmöglich«, antwortete die weinerliche Stimme des Stallburschen. »Wie gesagt, das ist eine Triple-A-Tür mit doppeltem Schnapphaken, die kriegt kein Pferd auf. Und außerdem war die Tür zu, als ich heute Morgen in den Stall gekommen bin«, fügte er kleinlaut hinzu.

Mikas Augen starrten leer auf den Boden der Box. Im Stroh sah man noch die Kuhle, die Oras kleiner Körper dort hinterlassen hatte. Und daneben, halb vergraben, blitzte etwas Grünes hervor. Sie trat näher, bückte sich und ihre Finger schlossen sich um etwas Weiches. Mika zog es hervor und hielt stumm einen Stofffetzen hoch, der offensichtlich von einer militärgrünen Jacke stammte. Ein kupferfarbener Metallknopf baumelte einsam in seiner Mitte. Ora fand Knöpfe unwiderstehlich. Langsam drehte Mika sich um und ihre Augen suchten die ihrer Großmutter. Sie sahen sich an und Mika wusste, dass sie in diesem Moment dasselbe dachten. Ora war nicht ausgebrochen. Sie war gestohlen worden. Jemand war in der Nacht in den Stall gekommen, hatte die ausbruchsichere Triple-A-Tür aufgeschoben und sie mitgenommen. Und dieser Jemand trug dabei eine olivgrüne Jacke, der nun ein Stück fehlte. Mika spürte, wie ihre Beine unter ihr nachgaben. Hilflos rutschte sie an der hölzernen Wand der Box auf den Boden.

»Ora«, sagte sie leise und ihre Finger krampften sich um den grünen Stoff.

»Ist sie in Ordnung?«, fragte der Stallbursche ängstlich und Maria Kaltenbach sah aus, als würde sie ihn am liebsten ohrfeigen. Sie fuhr herum und ihre Augen blitzten gefährlich.

»Nein, sie ist NICHT in Ordnung!« Es kostete sie sichtlich Mühe, die Beherrschung nicht zu verlieren. Dann wurde ihre Stimme sanft. »Mika?«

Mika zwang sich, den Kopf zu heben. Sie sah ihre Großmutter wie durch einen dichten Nebel.

»Was machen wir denn jetzt?«, hörte sie sich sagen und versuchte, sich mit aller Kraft gegen die bleierne Leere zu stemmen, die sie erfasste.

Maria richtete sich auf. »Ich denke, es ist an der Zeit, die Polizei zu rufen«, sagte sie ernst.

6. Kapitel

Also, ich wiederhole nochmal.« Die Stimme des kahlköpfigen Polizeibeamten klang unendlich gelangweilt. »Ihnen wurde also ein Fohlen gestohlen.«

»Hey, das reimt sich sogar«, unterbrach ihn sein Kollege, der bis dahin in dem eleganten Büro des Ausstellungsleiters stumm an der Wand gelehnt und sich die Fingernägel mit einem Kugelschreiber gesäubert hatte. Maria Kaltenbach sah ihn scharf an.

»Sie finden das lustig?«

Der Beamte zuckte unbeeindruckt die Schultern. »Na ja, Fohlen gestohlen. Reimt sich halt.«

»Also, ihr Fohlen wurde entwendet«, fuhr der andere Polizist unbeirrt fort. Er sah auf seinen Notizblock. »Gestern Abend war es noch da, heute Morgen war es weg.«

»Exakt«, schnappte Maria ungeduldig. »Soweit waren wir vor fünf Minuten schon!«

»Und sie haben es dann gesucht und nicht gefunden.« Es war zum aus der Haut fahren! Maria sah den Ausstellungsleiter, einen großen Mann im grauen Anzug, an, der mit gefalteten Händen hinter dem Glasschreibtisch saß und aussah, als wäre er überall lieber als hier.

»Ja, meine Angestellten haben seitdem das ganze Gelände mehrfach abgesucht. Leider vergeblich.«

Der Polizist runzelte die Stirn, die in seinem Fall bis zum Hinterkopf reichte. »Und wie kommen sie darauf, dass es gestohlen wurde?«, fragte er langsam und Marias Geduldsfaden war so kurz davor zu reißen, dass es schon hörbar knisterte.

»Weil es weg ist?«, versuchte sie, seiner unschlagbaren Logik zu folgen. Und es schien zu funktionieren, denn der Beamte nickte.

»Haben sie einen Verdacht, wer das gewesen sein könnte?«, fragte er nach einer langen Pause, die sein Gehirn offenbar brauchte, um den nächsten Schritt zu tun.

»Nein«, kam es wie aus einem Mund von Maria und dem Ausstellungsleiter, der auch langsam die Geduld verlor.

»Doch!«

Mika, die mit einer karierten Wolldecke um die Schultern auf einer unbequemen Ledercouch saß und seit der Ankunft der beiden Beamten kein Wort gesagt hatte, sah nun auf. Alle Augen richteten sich auf sie.

»Hanns de Burgh«, sagte sie und sah dabei ihre Großmutter an, die sofort vehement den Kopf schüttelte.

»Mika!«

»Der irische Sänger?«, fragte der Glatzkopf, sah aber nicht aus, als fände er das besonders überraschend.

»Nee, der heißt Chris de Burgh«, half sein Kollege beim Fenster erneut aus und gähnte herzhaft.

»Er wollte sie kaufen. Und jetzt hat er sie gestohlen«,

brachte Mika mühsam hervor, die trotz der Wolldecke so zitterte, dass ihre Zähne klapperten.

Nun schaltete sich der Ausstellungsleiter ein. »Ich muss doch sehr bitten. Herr de Burgh ist ein unbescholtener, über jeden Zweifel erhabener Sportler und Kollege! Solche Verdächtigungen sind absolut unangebracht!«

Der kahle Polizist nickte nachdenklich. »Chris de Burgh. Guter Mann. Stimmt das denn?«, fragte er dann und sah Maria fragend an.

»Ja. Er hat mir gestern ein Angebot für das Fohlen gemacht, das ich abgelehnt habe. Aber Herr Bartholdy hat recht. Hanns de Burgh ist alles, aber kein Pferdedieb.«

Sie sah dabei Mika an, die ihrem Blick trotzig standhielt.

»Doch! Er war das! Er hat Ora gestohlen. Wer sonst?«, sagte sie hitzig. Ihre Augen glänzten fiebrig.

»Gut, dann wäre es doch interessant, mit diesem Chris de Burgh ein paar Takte zu reden«, beschied der stoische Polizeibeamte und nickte zufrieden, als würde er sich zu diesem genialen Ermittlungseinfall selbst gratulieren.

»Das ist leider nicht möglich«, schnappte Herr Bartholdy ungehalten. »HANNS de Burgh ist ein viel beschäftigter Mann mit einem vollen Terminkalender. Er ist nach der gestrigen Abendveranstaltung noch abgereist. Ich habe ihn persönlich an seinem Wagen verabschiedet und kann versichern, dass er da kein Fohlen im Kofferraum hatte«, schloss er mit einem strengen Seitenblick auf Mika.

Der Polizist sah ehrlich betrübt aus. »Ach so. Also, Ich wiederhole ...« Maria atmete scharf ein. »Bitte nicht! Sagen Sie uns einfach, was Sie unternehmen werden, damit wir unser Fohlen so schnell wie möglich zurückbekommen.«

Endlich schaltete sich der andere Beamte ein. Auch ihm schien das alles viel zu lange zu dauern.

»Wir nehmen den Diebstahl auf, ermitteln ein bisschen gegen Unbekannt, dann stellen wir das Verfahren ein und schicken Ihnen schnellstmöglich den Wisch für die Versicherung. Mit ein bisschen Glück haben Sie das Geld schon in ein paar Wochen.«

»Was?« Mika war aufgesprungen und stand mit geballten Fäusten zitternd vor den Beamten. Die Decke war ihr von den Schultern auf den Boden gerutscht »Und was ist mit Hanns? Und diesem Stück Stoff? Und ... warum tun sie nichts?«

Der Polizist seufzte, hob die Decke vom Boden auf und gab sie Maria, die sie Mika wieder um die Schultern legte.

»Was sollen wir denn machen, Kleine? Klar, supertraurig mit deinem Fohlen, die sind echt süß, aber vor dem Gesetz sind Tiere nun mal Sachen. Da gibt es keine Großfahndung. Und wenn der Dieb nicht gerade zur nächsten Wache geht und sich selbst anzeigt, besteht nicht allzu viel Hoffnung, dass wir ihn finden. Aber die Versicherung des Veranstalters bezahlt das ja, und deine Oma kauft dir dann sicher ein neues Pferdchen, hm?«

Er sah Maria mit einem aufmunternden Lächeln an, das jedoch unter ihrem eisigen Blick gefror.

»Ich denke, wir sind hier fertig, meine Herren. Alles

Weitere regeln wir«, beeilte sich der Ausstellungsleiter zu sagen, bevor Maria etwas sagen konnte, das sie vielleicht bereuen würde. »Und danke Ihnen für Ihr schnelles Kommen.«

»Keine Ursache, dafür sind wir ja da«, sagte der Glatzkopf und sah Mika mitleidig an, die mit wildem Blick schlotternd in der Mitte des Zimmers stand.

»Und du gehörst ins Bett, Mädchen, du siehst gar nicht gut aus.«

Die Nachricht von Oras Verschwinden hatte auf Kaltenbach eingeschlagen wie eine Bombe. Drei Tage waren vergangen, seit Mika und Maria Kaltenbach mit dem leeren Hänger zurückgekommen waren – und seitdem lag eine gespenstische Stille über dem sonst so lebhaften Gestüt. Es war ein Glück, dass der Therapiebetrieb gerade eine Ruhewoche eingelegt hatte, denn niemand wäre in der Lage gewesen, sich um die doch manchmal recht anspruchsvollen Kunden zu kümmern. Maria nicht, Herr Kaan nicht, Sam nicht – doch am allerwenigsten Mika. Schon auf der Rückfahrt von der verhängnisvollen Zuchtschau hatte Maria mehrfach überlegt, sie ins Krankenhaus zu bringen, denn ihr Zustand hatte sich zusehends verschlechtert, und Maria hatte sich ernstlich Sorgen gemacht. Doch Mika wollte nicht ins Krankenhaus, sie wollte nach Hause – und dahin hatte Maria sie schließlich gebracht. Herr Kaan und Sam hatten Mika, die bei ihrer Ankunft kaum ansprechbar war, auf ihr Zimmer getragen. Da auf die Schnelle kein anderer Arzt aufzutreiben war, hatte der Tierarzt Dr. Anders sie zuerst untersucht, doch außer hohem Fieber nichts feststellen können, das auf irgendeine bekannte Erkrankung hingewiesen hätte. Und als Stunden später endlich der Notarzt eintraf, konnte der die Diagnose des Tierarztes nur bestätigen: Mika hatte Fieber, Ursache ungeklärt. Und egal was die Ärzte taten oder verschrieben, es wollte nicht sinken.

»Wie geht es ihr?« Sam war so schnell von dem Treppenabsatz, auf dem er gesessen hatte, hochgeschossen, dass Maria Kaltenbach heftig erschrak, als sie mit schleppenden Schritten am Morgen des dritten Tages die Stufen hinabstieg.

»Mein Gott, Samuel«, stieß sie hervor und ihre Hand zuckte zum Kragen ihrer weißen Bluse.

»Tschuldigung!« Sam raufte sich fahrig seine dunkelbraunen Haare, sodass sie ihm noch wilder als sonst vom Kopf abstanden. »Ich warte nur schon seit drei Stunden. Und weil sie gestern gesagt haben, wenn es heute nicht besser ist –«, er brach ab und sah Frau Kaltenbach erwartungsvoll an.

»Dann muss sie ins Krankenhaus, ja. Aber …«, sagte Maria und lächelte müde, »es ist besser.«

»Jawohl, verdammt!«, entfuhr es Sam, der so voller Erleichterung war, dass er für einen Moment vergessen hatte, dass er seiner Chefin gegenüberstand. Erschrocken sah er sie an. »Tschuldigung!«

Maria schüttelte den Kopf. »Ich verstehe ja, dass du in Sorge bist, aber ein Mindestmaß an –«, sie brach ab. »Ach, vergiss es. Ich bin auch … verdammt erleichtert. Sie hat kein Fieber mehr«, seufzte sie und sah ihn froh an.

»Kann ich?«, fragte Sam vorsichtig und Maria nickte. »Natürlich, sie freut sich bestimmt, dich zu sehen.«

Ihr Gesicht nahm wieder einen bekümmerten Ausdruck an. »Ich denke, sie braucht jetzt vor allem Ablenkung. Und ihre Freunde. Vielleicht kannst du ihre Freundin anrufen? Mit den blonden Locken … Wie heißt sie noch?« Alle Farbe wich aus Sams Gesicht.

»Ich …, ich … weiß nicht genau«, sagte er und begann, sich langsam die Stufen hochzubewegen, nur weg von Maria und dieser Idee.

»Natürlich weißt du, wen ich meine! Sie war doch schon so oft hier. Mein Gott, das Alter, es kann doch nicht sein, dass mir der Name nicht einfällt!«

Sam hatte schon fast den rettenden ersten Stock erreicht. »Keine Ahnung, Frau Kaltenbach, ehrlich«, murmelte er unbestimmt und floh dann den Gang entlang. Doch gerade als er die Hand auf die Klinke gelegt hatte, hallte die kräftige Reitlehrerstimme seiner Chefin unüberhörbar durch den Flur. »FANNY! SIE HEISST FANNY!« Mit einem Seufzer ließ Sam den Kopf sinken. Dann richtete er sich wieder auf, holte tief Luft und öffnete die Tür zu Mikas Zimmer.

Mika lag zusammengerollt in dem großen Bett und hatte die Augen geschlossen, als Sam sich vorsichtig auf der Bettkante neben ihr niederließ. Sie war blass und unter ihren Augen lagen tiefe dunkle Schatten. Sam überlegte gerade, ob er sie lieber schlafen lassen und später wiederkommen sollte, als eine raue Stimme ertönte, die nur entfernt an Mikas erinnerte.

»Hey Stallbursche«, sagte sie schwach.

Sam grinste erleichtert. »Hast du das von Opa gelernt?«

»Was denn?«

»Na, den sechsten Sinn. Siebten, in deinem Fall. Oder woher weißt du sonst, dass ich es bin?«

Mika öffnete die Augen und drehte sich schwerfällig zu ihm um. Sam hatte alle Mühe, seinen Schrecken zu verbergen. Sie sah furchtbar aus. Ihre sonst so angriffslustigen blauen Augen waren matt und leer. Trotzdem versuchte sie zu lächeln.

»Riecht man. Eau de Pferdestall.« Sam lachte, doch es klang selbst in seinen Ohren ziemlich unecht.

»Wie geht's dir?«, fragte er leise und sah sie unsicher an. Mika antwortete nicht. Sie sah ihn nur an.

»Blöde Frage, entschuldige«, sagte er schnell. »Aber das Fieber ist weg, das ist doch super! In ein paar Tagen bist du wieder fit und dann …« Er stockte. Egal was er sagte, es klang alles albern. Mika hatte Ora verloren. Sie alle hatten Ora verloren. Bei dem Gedanken allein, spürte er einen so heftigen Stich, dass er sich kaum vorstellen mochte, wie es Mika gehen musste.

»Habt ihr irgendwas gehört?«, unterbrach sie seine Gedanken. Sam schüttelte den Kopf.

»Frau Kaltenbach hat die letzten Tage immer wieder angerufen. Aber …«, seine dunklen Augenbrauen zogen sich wütend zusammen, »diese Idioten tun gar nichts!« Mika schloss die Augen und nickte, als habe sie nichts anderes erwartet.

»Aber«, begann Sam hilflos, »wir können doch nicht einfach ..., wir müssen doch ...« Er wusste nicht weiter. In der Vergangenheit war es immer Mika gewesen, die die rettende Lösung für jedes Problem gefunden hatte. Doch jetzt sah es aus, als hätte sie alle Hoffnung verloren, Ora wiederzufinden. Und Mika hatte wohl doch einen siebten Sinn, denn in diesem Moment sagte sie leise: »Es ist vorbei, Sam.«

Erschrocken hob er den Kopf. »Quatsch! Was ist vorbei?«

Mika sah ihn an und es war so viel Schmerz in ihrem Gesicht, dass Sam ihn fast spüren konnte.

»Das hier. Ich kann das nicht mehr«, sagte sie, mehr zu sich selbst als zu Sam, der sie ungläubig anstarrte.

»Mika! Dass Ora weg ist, ist schlimm, aber deshalb kannst du nicht einfach alles hinschmeißen.«

Doch Mika hatte den Kopf zum Fenster gedreht und sah hinaus, als wäre das Gespräch für sie beendet.

»Du hast wahrscheinlich noch Fieber«, beschloss Sam energisch. »Du musst einfach noch ein bisschen schlafen und dann wird das wieder.«

»Mhm«, machte Mika, ohne sich zu rühren und Sam entschied, dass das eindeutig Zustimmung ausdrückte. Er stand auf.

»Ich geh dann mal. Alles wird gut! Gute Besserung!«, sagte er mit so viel Zuversicht, wie er nur irgendwie aufbringen konnte.

Doch diese Zuversicht verflog wie eine Seifenblase im Orkan, als er leise die Tür hinter sich zuzog. Unschlüssig stand er im Flur und fühlte einen nahezu unwiderstehlichen Drang, seinen Kopf ein paar Mal kräftig gegen die Wand zu schlagen. Er war überfordert und der einzige Mensch, der ihm jetzt helfen konnte, war irgendwo unerreichbar im Wilden Westen. Aber er musste, musste, musste einen Weg finden, Mika aus ihrer Hoffnungslosigkeit zurückzuholen.

»Argh!«, machte er und riss so fest an einer seiner Haarsträhnen, dass er vor Schmerz aufjaulte. Samuel Kaan!, ermahnte er sich streng. Reiß dich zusammen! Die Stimme in seinem Kopf klang dabei verdächtig wie die von Maria Kaltenbach. Er seufzte schwer. So sehr er sich auch dagegen sträubte, tief in seinem Inneren wusste er längst, was er tun musste. Es ging jetzt nicht um ihn, es ging um Mika.

»Und dieses Werk mit dem unmissverständlichen Titel *Affenkot Rosa Pling Pling* ist eine deutliche Kritik des Künstlers an der globalen Umweltverschmutzung«, dozierte die quäkende Stimme eines schmächtigen Männchens im schwarzen Rollkragenpullover. Fanny zog eine Augenbraue hoch und betrachtete nachdenklich das Bild, das aussah, als hätte jemand sich versehentlich erst auf eine Sahnetorte und dann auf ein Stück Leinwand gesetzt.

»Na ja, so ganz unmissverständlich ist das nicht«, murmelte sie und überlegte im selben Moment, ob dieser Ausflug ins Museum für Moderne Kunst die richtige Idee gewesen war, um sich etwas weniger zu langweilen. Das Männchen sah sie empört an.

»Ent-schul-di-gung?«

»Bitte, keine Ursache. Sie können ja nichts dafür«, erwiderte Fanny höflich und gähnte. In diesem Moment ertönte ein wilder Rap-Song und hallte wummernd durch den hohen Raum. Auf dem Gesicht des Rollkragen-Männchens erschienen hektische Flecken.

»Ist das ein Telefon?«, keuchte er und die anderen Besucher sahen Fanny an, als habe sie eine Stange Dynamit in ihrer Tasche.

»Unmissverständlich, würde ich sagen«, grinste Fanny und zog schwungvoll ihr Handy hervor. Der kleine schwarz-weiße Hund, der bis dahin friedlich in der geräumigen Tasche geschlafen hatte, hob mit einem missmutigen Knurren seinen Kopf.

»Hallo, einmal Affenkot Rosa, bitte – aber frisch und bitte mit Sahne!«, flötete sie, ohne auf das Display zu schauen und lächelte dabei zuckersüß in die Runde. Doch dann wurde ihr Gesicht plötzlich ernst.

»Du?« Die ganze Gruppe starrte sie an, doch Fanny beachtete die Leute nicht mehr. »Doch klar, ich kann reden«, sagte sie und lauschte konzentriert in den Hörer. »Hey, ganz ruhig. Und der Reihe nach. Was ist? Ora hat Fieber?«

»Also, ich muss doch ganz entschieden –«, setzte das Männchen an, doch Fanny hob so energisch die Hand, dass er verstummte.

»Ora ist geklaut worden und Mika hat Fieber?« Ihre Augen wurden groß. Die ganze Besuchergruppe hing nun an ihren Lippen. »Und wieso erfahr ich das erst jetzt? Ja, ist ja schon gut. Aber … DAS hat sie gesagt? Okay!« Fannys Gesicht nahm einen entschlossenen Ausdruck an. »Bleib, wo du bist. Ich komme.« Sie legte auf und sah in ein gutes Dutzend erwartungsvolle Gesichter.

»Kann mich hier zufällig jemand zum Bahnhof fahren?«

7. Kapitel

Der schwarze Hengst schnaubte und trabte in einem engen Kreis wieder zurück zu dem Platz unter der alten Pinie neben der Hacienda, an dem er bereits den ganzen Vormittag über gewartet hatte. Sam schüttelte den Kopf. Sie lehnte gegenüber an der weiß gekalkten Wand des Stallgebäudes und blickte ihre Tante an, deren hochgewachsene Gestalt in der Nachmittagssonne einen langen Schatten auf den staubigen Boden warf.

»Ich weiß wirklich nicht mehr, was ich mit ihm machen soll.«

Tara nickte ernst. »Er ist unruhig«, bestätigte sie knapp.

»Ja danke, das hab ich auch schon gemerkt«, erwiderte Sam ungeduldig. »Das ist jetzt der vierte Tag, an dem er hier aufkreuzt! Erst wollte ich Mika nichts sagen, aber langsam wird mir das unheimlich.«

Tara sah Ostwind an, der aufmerksam zu ihnen herüberblickte. Er stand ganz still, nur sein Schweif schlug abwartend hin und her. »Ich denke, du solltest mit ihr sprechen«, sagte sie ruhig.

»Hab ich versucht. Aber sie geht seit zwei Tagen nicht ans Telefon. Was ist denn nur los mit ihm?«

»Er ist unruhig«, wiederholte Tara, ohne den Blick von

dem Hengst abzuwenden. Sam vergrub entnervt den Kopf in den Händen. Manchmal war es wirklich anstrengend, mit Tara zu reden.

»Okay, schön. Er ist unruhig. Aber ganz ehrlich, ich habe keine Zeit, ihn jeden Tag zur Herde zurückzubringen! Ich muss den Transport vorbereiten, ich muss die Junghengste entwurmen, ich …«

Tara legte ihr beruhigend eine Hand auf die Schulter. »Ich nehme ihn mit. Aber er wird wiederkommen. Besser, du sprichst mit Mika.«

Sam atmete hörbar aus. »Danke!« Sie war froh, dass ihre Tante den Hengst heute zurückbringen würde, denn auch wenn sie es nie zugeben würde – und Ostwind ihr keinen Anlass dazu bot –, fürchtete sie sich immer noch ein bisschen vor ihm. Es war einfach ein Stück mehr Wildnis in diesem Pferd als in allen anderen, die Sam kannte.

»Ich versuch gleich nochmal, sie anzurufen.« Sie nickte ihrer Tante zu und ging rasch in Richtung des Wohnhauses davon.

»Tschüss Ostwind! Bis hoffentlich nicht ganz so bald«, sagte sie, als sie an ihm vorbeikam. Doch mit einem kurzen Wiehern schüttelte der Hengst den Kopf, als hätte er daran seine Zweifel.

»Okay, es ist wirklich ernst diesmal«, sagte Fanny und wickelte ihre Beine in einen Schneidersitz. Sie saß neben Sam Kaan und seinem Großvater auf dem zerschlissenen Perserteppich, der den Boden des Wohnwagens bedeckte und sah die beiden nachdenklich an.

»Sag ich doch!« Es klang ein bisschen vorwurfsvoller, als Sam vorgehabt hatte und er senkte schnell den Kopf zu dem kleinen Hund, der in seinem Schoß lag und hingebungsvoll seine Hand ableckte. »Wenigstens Chili freut sich, mich zu sehen«, murmelte er und lächelte traurig.

»He, ich freu mich auch«, sagte Fanny. »Aber darum geht's jetzt nicht. Es geht um Mika.« Sam blickte auf.

»Was hat sie denn gesagt? Hat sie sich gefreut, dich zu sehen?«

Fanny zuckte mit den Schultern. »Schwer zu sagen. Sie sieht echt schlimm aus. Ich hab gesagt, sie könnte problemlos ne Rolle in nem Zombiefilm kriegen, aber sie hat nicht mal gelächelt.«

»Sie trauert.« Es war das Erste, was Herr Kaan sagte, seit Fanny nach ihrem Besuch bei Mika aufgetaucht war. Die beiden sahen ihn an.

»Natürlich trauert sie. Das ist ja auch okay. Aber Ora ist nicht gestorben. Sie ist irgendwo und je länger wir hier rumsitzen, desto schwieriger wird es, sie zu finden!«

Herr Kaan lächelte. »Ach Fanny!«

»Ach-Fanny-en sie mich nicht! Wir müssen dieses Fohlen finden, aber dazu brauchen wir Mika. Und Mika ist ein Zombie. Also müssen wir sie da irgendwie rausholen!« Fanny hätte gerne auf den Tisch gehauen, aber leider gab es hier keinen.

»Und wie, bitte, sollen wir das machen? Sie hat ihr Pferd verloren. Zum zweiten Mal. Und für Mika ist das … wie …« Sam suchte nach Worten.

»Für Mika sind Pferde Energie«, half Herr Kaan aus.

»Ohne Ostwind und ohne Ora wird es lange dauern, bis sie wieder sie selbst wird.« Fanny sah ihn entgeistert an.

»Okay, das ist mir ein bisschen zu voodoomäßig jetzt, aber wenn Mikas ... Pferdebatterie leer ist, müssen wir sie eben wieder aufladen. Hier gibt's doch wohl genug Pferde!«

Herr Kaan und Sam tauschten einen Blick, der Fanny nicht entging. »Was? Es geht nicht mit jedem Pferd, oder was?«

Herr Kaan schüttelte leise den Kopf. »Doch. Aber es ist eben nicht wie bei einer Batterie. Es ist eine tiefe Beziehung und die braucht Zeit.«

»Wir haben aber keine Zeit«, sagte Fanny düster und sah auf den Boden.

»Dann bringen wir Mika eben nach Spanien! Zu Ostwind. Sie lädt ihre Batterie auf und dann ...« Sie brach ab, denn Sams Gesichtsausdruck machte ihr deutlich, wie absurd diese Idee war. Mika war in keiner Verfassung, irgendwohin zu reisen. Und selbst wenn, würde das viel zu lange dauern.

»Nein«, sprach Sam ihren Gedanken aus. »Das hat alles keinen Sinn. Wir müssen einfach warten. Vielleicht überlegt sie es sich ja nochmal anders.«

Fanny sah auf. Sie hatte es Sam nicht sagen wollen, aber nun schien es ihr grausam, ihn nicht einzuweihen. »Sie hat ihre Mutter angerufen. Sie kommen morgen und holen sie ab.«

»WAS?« Sam sah sie an und wirkte so erschüttert, dass Fanny ihn am liebsten in den Arm genommen hätte, Freiheit hin oder her. Auch Herrn Kaan zog überrascht seine buschigen Augenbrauen zusammen. »So schnell?«

Fanny nickte. »Sie hat es mir gerade erzählt. Sie dachte, ich freu mich, wenn sie wieder in die Stadt kommt, aber …« Sie brach ab. Ja, sie hatte sich oft gewünscht, Mika wieder bei sich zu haben, wie früher. Aber sie wusste auch, dass es nicht mehr so werden würde wie früher. Mika gehörte nach Kaltenbach.

»Ich rede nochmal mit ihr«, versuchte sie, doch Sam schüttelte den Kopf. »Hey, das ist Mika. Du weiß so gut wie ich, wenn sie sich was in den Kopf setzt, bringen sie keine zehn Pferde mehr davon ab!«

Alle schwiegen betroffen – und in diesem Moment ertönte unpassenderweise eine rauchige Stimme, die »Yo, Get Up And On Your Phones, Bitches« in die Stille rappte. Hastig kramte Fanny nach ihrem Handy.

»Sorry«, sagte sie kleinlaut und sah dann für einen Moment überrascht auf das Display.

»Ist das dein neuer Freund?«, knurrte Sam. »Geh ruhig ran, tu dir keinen Zwang an.« Fanny rollte die Augen und ging ans Telefon.

»Hey Cowboy! Wie gut, deine Stimme zu hören«, sagte sie fröhlich, doch dann verzog sie das Gesicht. »Moment, ich versteh dich nicht, hier ist superschlechter Empfang!« Sie stand auf und verließ gestikulierend den Wohnwagen.

Herr Kaan nippte an seinem Tee und sah seinen Enkel an, der mit finsterer Miene zur Tür sah, durch die Fanny eben verschwunden war.

»Geduld«, sagte er ruhig und Sam zuckte ertappt zusammen.

Als Fanny zwanzig Minuten später zurück in den Wohnwagen kam, war Herr Kaan verschwunden, aber Sam saß noch immer an derselben Stelle auf dem Boden und streichelte ihren kleinen Hund, der friedlich und für seine Größe mit beachtlicher Lautstärke schnarchte.

»Und, war's nett? Hast du ein Date?«, sagte er, bevor er sich bremsen konnte, denn zu seiner Empörung strahlte seine Ex-Freundin wie ein Weihnachtsbaum.

»Sam!«, frohlockte Fanny, und er blickte sie verwirrt an.

»Äh … ja?«

»Nicht du! Andere Sam. Spanien-Sam! Am Telefon!«

»Okay … und?«

Fanny holte tief Luft. »Uuund … weißt du noch, was du eben gesagt hast, keine zehn Pferde könnten Mika davon abhalten, zurück nach Frankfurt zu gehen?«

»Ja«, sagte Sam, weil ihm partout nichts Originelleres einfiel.

»Na ja, wir brauchen auch keine zehn Pferde. Wir brauchen genau: eines!«

»Ja?« Sam konnte immer noch nicht folgen.

»Ja«, schrie Fanny so aufgeregt, dass Chili den Kopf hob und verwirrt mit dem Schwanz wedelte. »Wir brauchen nämlich nur … Ostwind! Und der kommt morgen Nachmittag hier an! Bäm!« Fanny schlug mit der Faust in ihre Handfläche.

»Hä?«, fasste Sam die vielen Fragen zusammen, die diese bizarre Information in ihm auslöste. Fanny setzte sich neben ihn.

»Okay, ich muss vielleicht am Anfang anfangen.«

Sam nickte. »Bitte!«

»Also, wie es scheint, ist da tatsächlich was dran an dieser Voodoosache, obwohl ich da nach wie vor … – egal! Jedenfalls: Ostwind macht seit vier Tagen Terror auf der Hacienda. Er taucht da immer wieder auf und rennt rum und was weiß ich. Und …«

Sam sah sie baff an. »Krass. Er spürt das.«

Fanny winkte ungeduldig ab. »Ja, kann sein. Jedenfalls will er nicht mehr bei seiner Herde bleiben. Und nachdem ich Sam erzählt habe, was hier los ist, war sie ziemlich sicher, dass er zu Mika will!« Fanny sah Sam an, als habe er eben den Hauptgewinn in einer Lotterie gezogen.

»Ja, schön. Aber wie will er das machen? Durchs Mittelmeer schwimmen?«

Fanny hob fast vom Boden ab. »Das ist es ja! Sam hat gesagt, sie schicken heute Abend noch einen Transport nach Deutschland. Sie haben so einen riesigen Truck und bringen irgendwelche Pferde zu irgendeiner Zuchtschau … und …« Endlich breitete sich das Strahlen auch auf Sams Gesicht aus. Er sah sie an und ohne darüber nachzudenken, griff er nach ihrer Hand.

»Mein Gott, Fanny! Das heißt …«, stammelte er. Fanny grinste glücklich und schloss ihre Finger fest um Sams.

»Ja. Ostwind kommt nach Hause.«

Mika lag reglos in ihrem Bett und sah aus dem Fenster. Sie hatte die letzten fünf Stunden damit verbracht, die Sonne zu beobachten, die vormittags vor ihrem Fenster aufgetaucht war und sich seitdem zentimeterweise voranschob. Nun war sie schon fast aus ihrem Blickfeld verschwunden und Mika schloss daraus, dass es später Nachmittag sein musste. Irgendwann zwischendurch waren Fanny und Sam aufgetaucht, aber als sie die Schritte im Flur gehört hatte, hatte sie schnell die Augen geschlossen und so getan, als würde sie schlafen. Mika wusste zwar, dass sie Fanny damit nicht täuschen konnte – ihre Freundin kannte sie einfach zu gut –, aber aus demselben Grund wusste sie auch, dass Fanny den Hinweis verstehen würde. Mika hatte keine Kraft mehr, sich gegen die Versuche, sie doch noch umzustimmen, zu wehren. Sie fühlte überhaupt nichts mehr – und das war das schrecklichste Gefühl von allen. Aber Fanny hatte verstanden. Sie hatte Mika sanft eine Hand auf den Arm gelegt und »Alles wird gut!« gesagt und war dann mit einem leise protestierenden Sam im Schlepptau wieder verschwunden.

Mika schloss die Augen. Nichts würde gut. Nicht, so lange sie noch hier war, denn alles hier tat weh: die vertrauten Geräusche des Gestüts, die durch das offene Fenster zu ihr drangen. Der Geruch der Pferde. Die feste Stimme ihrer Großmutter, die über den Hof schallte, als sie nach Sam rief. Sie konnte es keine Sekunde länger ertragen. Mika richtete sich auf. In ein paar Stunden würde ihre Mutter hier sein, aber sie konnte nicht mehr warten. Sie schwang ihre Beine aus dem Bett und stand probeweise auf. Ihre

Knie fühlten sich an, als wären sie mit Pudding gefüllt und sie musste sich für einen Moment an dem geschnitzten Pfosten ihres Himmelbetts festhalten, um nicht umzukippen. Aber dann biss sie die Zähne zusammen und begann, sich in Zeitlupe anzuziehen. Eine halbe Stunde später war sie fertig. Sie hatte ihren Rucksack gepackt, das Bett gemacht und stand unschlüssig vor dem geöffneten Fenster. Sie sah auf das moosige Vordach, über das sie hundertmal geklettert war und ihre Kehle schnürte sich zusammen. Nein. Auch das war vorbei. Mit einem Ruck schloss sie das Fenster und verließ ihr Zimmer durch die Tür, ohne sich noch einmal umzudrehen.

8. Kapitel

Wir hätten es ihr sagen sollen«, jammerte Sam zum hundertsten Mal und sah Fanny an, die neben ihm auf einem Stein vor der großen Hofeinfahrt des Gestüts saß.

»Nein«, knurrte Fanny, ohne ihre Augen von der Schotterstraße abzuwenden, die sich als einzige Zufahrt zu Gut Kaltenbach durch die grünen Koppeln schlängelte. »Ich sage kein Wort zu Mika – oder irgendwem, bevor ich nicht mit eignen Augen sehe, dass er auch wirklich leibhaftig hier … HA!«, schrie sie in diesem Moment und Sam kippte vor Schreck von dem wackeligen Findling.

»Da!«, schrie sie und als Sam ihrer ausgestreckten Hand folgte, sah er es auch: einen riesigen weißen Truck, der sich in einer mächtigen Staubwolke den Hügel hinaufschob. *Caballos – Horses – Pferde* stand in großen schwarzen Lettern über dem Führerhäuschen. Sam rappelte sich auf und sprang vor Aufregung im Kreis.

»Krass! Er kommt. Er kommt tatsächlich!« Fanny lächelte zufrieden.

»Ganz ruhig, Stallbursche. Wir machen das wie besprochen. Du führst Ostwind auf den Hof, ich hole Mika.«

Mit einem Geräusch, als würde man ein prall gefülltes

Schlauchboot anstechen, kam der Lkw wenige Augenblicke später vor den beiden zum Stehen. Er schaukelte einen Moment hin und her, dann öffnete sich die Tür der Kanzel und ein gewaltiger Hintern erschien in der schmalen Öffnung. Sam und Fanny sahen sich an und beide dachten dasselbe: Niemals würde dieser Hintern durch diese Tür passen. Doch dann tauchte ein riesiger Fuß auf, tastete nach dem obersten Tritt und mit einem schmatzenden Geräusch ploppte das gewaltige Hinterteil durch die Tür. Der Mann, zu dem beides gehörte, drehte sich um und richtete sich auf. Er war mindestens zwei Meter groß und wog bestimmt zweihundert Kilogramm, und Sam musste den Kopf weit in den Nacken legen, um ihn freundlich anzulächeln.

»Hola Amigos«, dröhnte eine tiefe Stimme und der Riese sah mit einem breiten Grinsen auf die beiden hinab. Er streckte seine fleischige Pranke aus und hielt sie Fanny hin, die sie beherzt ergriff.

»Ich José«, stellte er sich höflich vor.

»Ich Fanny. Das Sam«, quietsche Fanny und versuchte während des Händeschüttelns, den Kontakt zum Boden nicht zu verlieren. José sah sich suchend um.

»Wo Männer?«, fragte er dann und blickte Sam zweifelnd an. Er deutete mit dem Daumen auf den Truck und fügte erklärend hinzu: »Hengst. Wilde.«

Sam richtete sich zu seiner vollen Größe auf, mit der er dem gewaltigen Spanier immerhin bis zum Oberarm reichte.

»Kein Problem«, sagte er würdevoll. »Ich kenne das Pferd.« José grinste.

»Okay, kleine Mann.« Er drehte sich um und drückte auf einen roten Knopf, der neben dem Führerhaus angebracht war und mit einem leisen Surren senkte sich die Laderampe des Trucks. Fanny sah Sam an.

»Bereit?«, fragte sie und Sam nickte entschlossen.

»Natürlich. Ich mache das ja nicht zum ersten Mal, ich …« Doch weiter kam er nicht. Aus dem Inneren des Trucks war ein lautes Rumpeln zu hören. Dann das Geräusch von Hufen, die auf Metall krachten, dann zerriss ein wildes Wiehern die Luft. Und mit einem gewaltigen Satz sprang ein großes schwarzes Pferd über die Rampe, noch bevor sie den Boden erreicht hatte, und galoppierte mit erhobenem Schweif über die staubige Straße davon.

Mika lag ausgestreckt im Gras und sah in den Himmel. Sie hatte ihrer Mutter eigentlich bis zur ersten Wegkreuzung entgegengehen wollen, aber ihre Kräfte hatten sie verlassen und sie hatte kurz hinter Herrn Kaans Wohnwagen eine Pause eingelegt. Es war schwer gewesen, einfach vorbeizugehen, aber Mika wusste, dass sie den Abschied von ihrem alten Meister ebenso wenig ertragen würde wie den von ihrer Großmutter und Sam. Ja, sie hatte sich einfach davongestohlen, aber es war die einzige Möglichkeit gewesen, nicht den Verstand zu verlieren. Mika schloss die Augen, um die Tränen zu vertreiben, die dort brannten und spürte dankbar den Wind, der aufgekommen war und ihr heißes Gesicht kühlte. Der Wind war tatsächlich tröstlich, stellte sie überrascht fest, denn sogar ihr Herz, das ihr seit Tagen mit jedem Schlag wehtat, beruhigte sich. Er strich durch die hohe Wiese und Mika seufzte, als sie die Berührung eines Grashalms an ihrer Hand spürte. Es fühlte sich genauso an wie Ostwinds weiche Nase, die tastend über ihre Hand strich. Mika lächelte, zum ersten Mal seit Tagen. Sie hatte immer wieder versucht, an Ostwind zu denken, ihn zu sich zu holen, aber die Träume waren ausgeblieben. Aber jetzt war er da. Sie hatte sogar seinen unverkennbaren warmen Geruch nach Erde und Gras in der Nase. Sie hielt die Augen geschlossen, um den Traum festzuhalten, und trotzdem wurde es plötzlich hell um sie. War sie tatsächlich eingeschlafen? Mika hörte ein sanftes Schnauben und etwas stieß sie energisch in die Schulter. Es fühlte sich gar nicht an wie ein Traum – sie öffnete probeweise ein Auge. Und sah direkt über sich ein Stück Mähne, dunkel mit weißen Strähnen. Sie hob vorsichtig eine Hand, griff danach und ihre Finger schlossen sich fest um die kräftigen Strähnen. Hatte sie endgültig den Verstand verloren? Mit einem Ruck setzte Mika sich auf und riss die Augen auf. Es war ihr mit einem Mal vollkommen egal, ob sie verrückt war. Denn vor ihr stand Ostwind und sah sie aus seinen goldbraunen Augen an.

»Ostwind?«, stammelte sie, als erwartete sie, dass das Pferd sich jeden Moment in Luft auflösen könnte. Aber das tat es nicht. Stattdessen senkte Ostwind mit einem leisen Schnauben seinen Kopf zu ihr und Mika umschlang mit beiden Armen seinen warmen Hals. Energie durchströmte ihren ganzen Körper wie Wasser ein ausgetrocknetes Flussbett, und in genau diesem Augenblick wusste sie ohne jeden Zweifel, dass er wirklich hier war. Sie hatte keine Ahnung, wie das sein konnte, aber es war eine Tatsache: Ostwind war zu ihr zurückgekommen. Und ohne weiter darüber nachzudenken, schwang sie sich auf seinen Rücken. Der Hengst stieg mit einem kraftvollen Wiehern auf die Hinterbeine und dann galoppierten sie querfeldein über die Wiese davon.

»Was soll das heißen, sie ist nicht da?« Maria Kaltenbach sah ihre Tochter verwirrt an. »Natürlich ist sie da! Sie ist seit Tagen nicht aufgestanden und viel zu schwach, um irgendwo anders zu sein als in ihrem Bett!« Doch Elisabeth schüttelte nur den Kopf. Es war typisch für ihre Mutter, dass sie ihr nicht einmal zutraute, zu beurteilen, ob ein Bett leer war, oder nicht. Die beiden Frauen standen auf der Terrasse, wo Maria nervös gewartet hatte, bis ihre Tochter Mika reisefertig gemacht hatte.

»Sie ist weg. Das Bett ist gemacht. Und ja, ich habe im Schrank nachgesehen, und nein, auf dem Klo war sie auch nicht.«

»Wo ist Mika?«, ertönte in diesem Moment eine atemlose Stimme und die beiden Frauen fuhren herum. Fanny war die Treppen zu Mikas Zimmer wohl etwas zu schnell hoch- und wieder hinuntergerannt und nun stand sie keuchend da und hielt sich die Seite.

»Sie ist nicht da?«, fragte Maria alarmiert und ihre Tochter stieß einen ergebenen Seufzer aus.

»Nein«, antworteten sie und Fanny wie aus einem Mund. Und dann fügte Fanny hinzu: »Und das ist echt ungünstig, denn wir bräuchten sie dringend. Wir … äh … hatten eine Überraschung für sie, nur leider ist uns die entkommen und jetzt haben wir ein Problem, denn –«

Sie hielt inne, Frau Kaltenbach war plötzlich weiß wie ein Leintuch geworden. Sie setzte sich und Elisabeth konnte ihr in letzter Sekunde einen der alten Holzstühle unterschieben, sonst wäre sie einfach auf dem Boden gelandet.

»Mama!«, rief sie erschrocken und hielt die alte Dame am Arm, die bedrohlich hin und her schwankte.

»Ich … ich glaube, das war alles etwas viel für mich. Ich sehe, … ich sehe Dinge«, keuchte Maria und schüttelte energisch den Kopf.

»Was für Dinge?«, fragte Elisabeth besorgt und sah nun auch in die Richtung, in die ihre Mutter mit zitterndem Finger zeigte. Und auch sie erstarrte. »Aber?«, brachte sie mühsam hervor und sank dann neben Maria auf einen Stuhl. Nur auf Fannys Gesicht breitete sich ein erleichtertes Grinsen aus. Denn da, am anderen Ende des Hofes, war Mika. Sie ritt auf Ostwinds Rücken durch das große Tor und strahlte über das ganze Gesicht. Ihre Wangen waren gerötet und ihre Haare wild zerzaust und als ihre Blicke sich trafen, hob sie die Hand. Es war eine einfache Geste, aber Fanny verstand genau, was Mika damit sagen wollte. Es hatte funktioniert. Sie war wieder da! Fanny hob ebenfalls die Hand und erwiderte Mikas Gruß. Dann drehte sie sich zu den beiden Frauen um, die immer noch sprachlos dasaßen.

»Okay, Entwarnung. Sieht aus, als hätten wir endlich keine Probleme mehr.«

Hunderte Grillen zirpten mit dem Knistern des kleinen Lagerfeuers um die Wette, das die Gesichter der drei Freunde in flackerndes rötliches Licht tauchte. Sam und Fanny saßen Mika gegenüber an der kleinen Feuerstelle und mussten sich immer wieder abwechselnd zusammenreißen, sie nicht nur anzustarren. Es war einfach schwer zu glauben, dass das dieselbe Mika sein sollte, die gestern noch blutleer wie ein Zombie vor ihnen im Bett gelegen hatte. Kaum vierundzwanzig Stunden später saß sie hier am Feuer, lehnte gemütlich an ihrem Pferd, das sich schützend hinter ihr niedergelassen hatte, und stopfte sich mit spanischen Würstchen voll, als gäbe es kein Morgen. Aus dem großen Pferdetruck, der in einiger Entfernung geparkt stand, war das raschelnde Geräusch fressender Pferde zu hören, und alle zwanzig Sekunden erzitterte der Lkw unter einem Geräusch, das klang, als würde man eine Kettensäge anlassen und dann wieder abwürgen. Das war José, der, wie Fanny bemerkte, »wohl ein bisschen Probleme mit der nächtlichen Nasenatmung hatte«. Sie grinste.

»Aber es war echt nett von ihm, dass wir seine Reste essen durften«, sagte sie und sah auf den rußigen Grillrost, auf dem noch ungefähr fünfzig Würstchen über der Glut brutzelten.

»Die sind echt lecker! Ernesto hat die auf der Hacienda mal gemacht«, bestätigte Mika kauend und griff bereits zum nächsten.

»Meinst du nicht, du hast genug?« Sam sah sie besorgt an. »Ich meine, das ist schon die elfte Wurst und du bist erst seit ein paar Stunden wieder auf den Beinen.«

Doch Mika schüttelte den Kopf. »Ich hab vier Tage nichts gegessen, ich hab jetzt Hunger«, sagte sie, doch dann hielt sie inne. Sie lächelte Sam an. »Ich weiß, ich hab es schon hundertmal gesagt. Aber ihr seid wirklich die aller-allerbesten Freunde, die man haben kann. Ich werde euch das nie vergessen.« Hinter Mika prustete Ostwind und es klang, als würde er das ganz genauso sehen.

Sam grinste verlegen. »Na ja, eigentlich musst du dich bei Ostwind bedanken. Ich finde es immer noch unglaublich, dass er das gespürt hat.« Ehrfürchtig sah er den Hengst an, der wachsam hinter Mika lag.

»Ich meine«, fuhr Sam fort, »wir haben nicht viel gemacht. Wir mussten dich einfach irgendwie wieder beleben.«

Fanny nickte. »Allerdings. Denn wenn ich mich nicht irre, haben wir noch einiges vor.« Sie sah Mika vielsagend an, die wieder ernst geworden war. Sie hielt Fannys Blick für einen Moment, dann nickte sie.

»Ich weiß: Ora.« Es klang, als würde es ihr immer noch körperlich wehtun, den Namen des Fohlens über die Lippen zu bringen.

»Ora«, bestätigte Fanny einfach.

»Du meinst, wir müssen sie finden?« Mika hatte offenbar keinen Appetit mehr. Sie kuschelte sich dichter an Ostwind und sah nachdenklich in die Flammen. »Ich hab schon darüber nachgedacht. Immer und immer wieder. Ich bin einfach sicher, dass Hanns de Burgh sie hat«, sagte sie trotzig und stocherte so heftig mit ihrem Würstchenstock in der Glut, dass die Funken um sie wirbelten wie aufgebrachte Glühwürmchen.

Sam schüttelte skeptisch den Kopf. »Ich glaub das nicht. Hanns de Burgh ist nicht der Typ, der Pferde stiehlt. Und er kann mit einem gestohlenen Fohlen auch gar nichts anfangen, denn er hat ja nicht mal seine Papiere.«

Fanny sagte nichts, aber ihr Gesicht leuchtete plötzlich nicht mehr rot, wie das der anderen, sondern bläulich und das bedeutete ... Sam verdrehte die Augen.

»Oh Gott! Norbert ist zurück.« Fannys innig geliebter Tabletcomputer hatte aus unerfindlichen Gründen diesen unattraktiven Namen bekommen und Sam war insgeheim immer ein bisschen eifersüchtig auf das schwarzglänzende Rechteck gewesen, das Fanny auf Schritt und Tritt begleitete.

»Norbert und ich haben uns getrennt«, sagte Fanny knapp, ohne aufzusehen. »Er war einfach zu langsam. Das ist Norbert 2.0. – 256 Gigabyte Speicherplatz und Naissar-Prozessor.« Sie streichelte das kleine Gerät liebevoll und Sam sah aus, als würde er es ihr am liebsten entreißen und ins Feuer werfen.

»Ach so, ihr habt euch also getrennt«, begann er schneidend, doch Mika warf ihm einen ermahnenden Blick zu und er schluckte den Rest hinunter. Er wusste so gut wie sie, dass Norbert, in welcher Version auch immer, in Fannys Händen eine unschlagbare Waffe war.

»Also«, fuhr Fanny konzentriert fort, die davon nichts mitbekommen hatte. »Hanns de Burgh ist ein niederländischer Springreiter... blabla ... Welterfolge ... blabla ... Seit dem Ende seiner Profikarriere ist er Botschafter des Springsports und ein wichtiger Pferdefunktionär. Pferdefunktionär? Was soll das denn sein?« Sie sah Sam an, der mit den Schultern zuckte.

»Na ja, er macht sich halt wichtig. Reist rum, besucht Turniere, sowas. Aber ich glaube wirklich nicht, dass er Ora gestohlen hat!«

Fanny legte den Kopf schief. »Dann hast du ne bessere Idee, Sherlock?«

»Nein, aber –«, schoss Sam hitzig zurück, doch Mika unterbrach ihn.

»Er wollte erst Ostwind und dann Ora. Das kann einfach kein Zufall sein.«

Sam nickte.

»Ja, das ist komisch. Aber was willst du machen? Der ist jetzt wahrscheinlich irgendwo in Timbuktu auf nem Eselrennen, den finden wir nie! Und selbst wenn …«

»Nicht ganz. Hengstschau Ostbrandenburg, Frankfurt/Oder«, sagte Fanny, ohne den Kopf zu heben.

»Oder was?«, fragte Sam verwirrt.

Fanny sah auf und sagte dann ganz langsam: »Das ist eine Stadt, Einstein. Es gibt Frankfurt am Main und Frankfurt an der Oder. Und da ist Hanns de Burgh laut seiner Facebookseite noch bis übermorgen. Und deshalb müssen wir da hin. Und zwar schnell, denn danach …«, sie zog die Stirn in Falten, »ist er tatsächlich in Timbuktu. Oder so gut wie.«

»Ohne mich«, sagte Sam und stand auf. Er sah Mika ernst an. »Ich bin der Erste, der Ora wiederfinden will, ehrlich! Aber ich fahre nicht nach Frankfurt/Oder oder sonst wohin, um einer fixen Idee nachzujagen! Lasst uns morgen in Ruhe nochmal bei der Polizei anrufen und dann weitersehen.«

Er sah von Mika zu Fanny, doch keine von beiden sah ihn an.

»Okay?«, versuchte er es noch einmal und nun hob Mika den Kopf und lächelte.

»Okay, Sam! Danke. Und schlaf gut.« Sam lächelte dankbar zurück.

»Du auch, Mika. Und du auch, Ostwind«, sagte er und strich dem schwarzen Hengst im Vorbeigehen sanft über den Rücken. »Und willkommen zu Hause!«

Als Sam in der Dunkelheit verschwunden war, sah Fanny Mika an.

»Okay, Sam? Was soll das heißen? Dass wir nicht zu Hanns de Burgh fahren und schauen, ob er Ora im Handgepäck hat?«

Mika schüttelte den Kopf. »Nein, das soll heißen, dass wir ohne Sam sehen müssen, wie wir nach Frankfurt/Oder kommen. Weil bis nach Timbuktu ist es dann doch etwas beschwerlich.« Mikas entschlossenes Gesicht sah im Schein der roten Glut fast etwas unheimlich aus.

»Das wollte ich hören!« Fanny grinste und ihre Finger tanzten über das Display ihres Tablets wie die einer Konzertpianistin. »Also, Norbert 2.0, wie kommen wir nach Frankfurt/Oder?«

»Frankfurt/Oder?«, ertönte eine tief knarzende Stimme, und Mika dachte für einen Moment, es wäre ein Echo gewesen. Doch hinter ihnen stand José. Er trug ein Männernachthemd, das so groß wie ein Zelt war und gähnte ausgiebig. »Frankfurt/Oder«, wiederholte er grinsend und deutete auf den großen Truck. »Morgen. Ich. Pferde. Bringe. Hengstschau.« Fanny und Mika glotzen ihn an.

»Morgen? Du? Frankfurt? Oder?«, wiederholte Mika ungläubig. José nickte gutmütig, während er sich in Hochgeschwindigkeit ein Dutzend Würstchen einverleibte.

Mika sah Fanny an, Fanny sah Mika an.

»Krass! Das ist Schicksal«, flüsterte sie. »Langsam glaub ich auch an diesen Kram.« Dann hob sie langsam ihre Hand zum High-five – und Mika schlug ein.

Als Fanny gegangen war, lag Mika noch lange wach. Sie war dicht an Ostwind gekuschelt, spürte seine Wärme, sah in den sternenklaren Nachthimmel und zum ersten Mal seit Oras Verschwinden spürte sie so etwas wie Hoffnung. Dass Ostwind seine Herde verlassen hatte und zu ihr zurückgekommen war, war ein Zeichen. Zusammen hatten sie bisher alle Probleme gemeistert: Sie hatten Kaltenbach vor dem Ruin bewahrt, seine Herde gerettet, und sie würden mit seiner Hilfe auch Ora finden.

»Diesmal hast du mich gerettet«, sagte sie sanft und Ostwind, der eigentlich zu schlafen schien, drehte ein Ohr in ihre Richtung. Mika grinste. »Tschuldigung, wollte dich nicht wecken.« Nun klappte auch das andere Ohr herum und der Hengst hob den Kopf. »Okay, okay! Ich bin still.« Sie schloss die Augen. »Aber wir finden sie, oder?« Ostwind schnaubte leise und Mika nickte. »Das wollte ich hören.«

9. Kapitel

Ein Wellnessausflug?« Frau Kaltenbach sah Sam über ihre goldene Lesebrille an und ließ den Zettel sinken, den er ihr eben kleinlaut überreicht hatte. Sie saßen beim Frühstück in der hellen Küche des Gutshauses und nachdem Mika und Fanny ewig nicht erschienen waren, hatte Maria Sam losgeschickt, um die beiden Mädchen zu wecken.

»Ist doch toll«, bemerkte Mikas Mutter Elisabeth abwesend, während sie sich vergeblich abmühte, eines der steinharten Hörnchen, die Marianne zur Feier des Tages gebacken hatte, mit ihrem Messer aufzuschneiden. Doch Maria sah das offenbar anders.

»Toll? Ich finde das in höchstem Maße beunruhigend!« Sie wedelte aufgebracht mit dem Zettel. »Ich weiß nicht, wie gut du deine Tochter kennst, aber ich denke nicht, dass Wellness irgendwo in ihrer Prioritätenliste auftaucht!«

Elisabeth seufzte. »Mama, Mika hatte eine harte Zeit. Fanny will sie wahrscheinlich auf andere Gedanken bringen und –«

»Ha! Fanny! Fanny ist noch schlimmer! Vergiss nicht, Elisabeth, ich habe meine Erfahrungen gemacht, und ich sage dir, wenn diese beiden einen angeblichen Wellnesstag einlegen, dann schrillen bei mir alle Alarmglocken!« Sie fuhr zu Sam herum, der hochkonzentriert in seinen Frühstücksflocken rührte, als würde das all seine Aufmerksamkeit brauchen.

»Samuel?!«

Er sah unschuldig auf. »Ja, Frau Kaltenbach?«

»Wo ist Ostwind?«

»Ich ... äh ... weiß nicht genau. Aber ich denke, ... also ... ich glaube, sie haben ihn mitgenommen?« Maria Kaltenbachs Augen wurden schmal.

»Ach, sie haben ihn mitgenommen? Ins Wellnesshotel? Das ist ja schön für ihn, vielleicht darf er ja mit in den Whirlpool!«

Sam wich ihrem Blick aus und sah stattdessen Elisabeth Hilfe suchend an. Die legte beruhigend eine Hand auf die ihrer Mutter.

»Weißt du, in diesen modernen Wellnesshotels ist heutzutage alles möglich. Kitesurfing, Eisklettern, ein Pferd im Whirlpool ...« Sie kicherte und Maria sah sie entsetzt an.

»Machst du dir gar keine Sorgen?«

Elisabeth schüttelte den Kopf. »Damit habe ich aufgehört, seit meine Tochter im letzten Jahr plötzlich allein mit ihrem Pferd nach Spanien verschwunden ist. Mika ist Mika, das akzeptiert man oder nicht.«

Maria schüttelte den Kopf. »Also, ich mache mir Sorgen! Ich denke, sie haben irgendeinen verrückten Plan, um Ora wiederzufinden. Und ich denke, dass du davon weißt, Samuel!« Sam verschluckte sich und musste so heftig husten, dass Elisabeth ihm auf den Rücken klopfen musste. Er schüttelte japsend den Kopf.

»Nein, Frau Kaltenbach, ehrlich.«

Maria sah ihn scharf an. »Also schön, ich glaube dir. Mika und Fanny UND OSTWIND sind also in einem Wellnesshotel. Aber wenn ich erfahre, dass du mich angelogen hast, dass die beiden sich irgendwo leichtsinnigerweise in Gefahr begeben haben, dann Samuel, gnade dir Gott!«

Mika und Fanny waren von einem Wellnessausflug tatsächlich soweit entfernt wie Merkur von Pluto. Sie saßen seit dem Morgengrauen mit schmerzenden Blasen und klingelnden Ohren im schwankenden Führerhaus des Pferdetrucks. José hatte sich zu ihrem Erstaunen ohne Weiteres bereit erklärt, sie mitzunehmen.

»Señorita Sams amigos son mis amigos!«, hatte er strahlend verkündet und ab diesem Zeitpunkt keine weiteren Fragen gestellt. Leider hatte er aber auch nicht auf ihre wiederholten Bitten reagiert, eine Toilettenpause einzulegen – was daran liegen mochte, dass er sie einfach nicht gehört hatte. Er sang nämlich seit ihrer Abfahrt vor ziemlich genau drei Stunden ununterbrochen und mit astreiner Opernstimme vor allem spanische Arien, dass die dünnen Wände der Kabine wackelten.

Abgesehen davon war der Pferdetruck der Hacienda die bei Weitem angenehmste Art mit Pferd zu reisen. Es gab geräumige Boxen für sechs Pferde und eine kleine Wohneinheit mit Küche, Esstisch und Bett. Wie Josés massiger

Körper allerdings in das schmale Bett passte, war eine Frage, der Mika gerade nachhing, während draußen eine gleichförmige Landschaft aus Feldern und Äckern vorbeizog. Sie hätte zu gerne geschlafen, aber dazu war es einfach zu laut. Zum x-ten mal sah sie deshalb auf den großen Monitor, der über Josés Kopf angebracht war und auf dem man auf sechs kleinen Videobildern die Pferde im Inneren des Trucks beobachten konnte. Ostwind stand ruhig mit gesenktem Kopf da und schnupperte gerade an einem kleinen schwarz-weißen Bündel, das vor ihm im Stroh lag. Mika stieß Fanny an, die wie immer konzentriert über Norbert gebeugt war und zweifellos einen detaillierten Plan ausheckte, wie es weitergehen würde, wenn sie ihr Ziel erreicht hatten.

»Hast du Chili nicht zu Hause gelassen?«, brüllte sie gegen Josés inbrünstigen Gesang an.

»Ja, bei Herrn Kaan. Ich dachte, der kann ihm vielleicht endlich wenigstens Sitz! beibringen«, brüllte Fanny zurück. Mika grinste und zeigte auf das Videobild.

»Ich würde eher mal an Bleib! arbeiten.« Fanny kniff die Augen zusammen. »Oh Mann! Diese kleine Mistratte!«, schimpfte sie, doch es klang eher liebevoll. Dann sah sie Mika an.

»Sag mal, was ich schon die ganze Zeit fragen wollte: Wie ist eigentlich der genaue Plan?«

Mikas Augen wurden groß. »Das fragst du mich? Du klebst doch seit zwei Stunden an diesem Ding«, sagte sie entrüstet. Doch Fanny zuckte unbeeindruckt mit den Schultern.

»Ja und? Ich hab eine Videodokumentation über Schnabeltiere angeschaut. Wusstest du, dass die als einzige Säugetiere Eier legen?« Mika schüttelte fassungslos den Kopf. Sie liebte Fanny, aber manchmal machte sie einen wahnsinnig.

»Okay, dann lass uns schleunigst überlegen, was wir überhaupt vorhaben, damit wir nicht völlig planlos sind, wenn wir …« – sie hielt inne, denn der Lkw hatte just einen tiefen Seufzer getan und war zu den letzten Takten von »La Cucaracha« zum Stehen gekommen – »… ankommen?«, vollendete Fanny ihren Satz und verzog den Mund zu einem entschuldigenden Grinsen.

Staunend bahnten Mika und Fanny sich wenig später einen Weg durch die dichte Menge. Sie hatten Ostwind und Chili, die auf der langen Fahrt offenbar Freunde geworden waren, im Truck zurückgelassen und stapften orientierungslos über das riesige Areal. Die Fohlenausstellung, die Mika mit ihrer Großmutter besucht hatte, war elegant und beschaulich gewesen, und hatte mit dem gepflegten Rasen und den weißen Zelten eher wie eine englische Landhochzeit gewirkt. Die Brandenburgische Hengstschau war im Vergleich dazu ein tosender Rummelplatz. Es gab Stände mit Pferdeluftballons und Zuckerwatte und aus den Lautsprechern über ihnen wummerte Popmusik.

»Hast du nicht gesagt, das wäre eher ne kleine Veranstaltung?«, sagte Fanny und sah sich überfordert um. Dann zog sie Mika zu einer großen Holztafel, die eine Karte des Geländes zeigte.

»Das sind allein«, sie fuhr mit dem Finger über die Tafel, »neun Hallen, in denen irgendwelche Pferdeaction ist«, sagte sie und sah Mika vorwurfsvoll an.

»Hey! Du hast ja lieber Schnabeltiere gegoogelt«, schnappte Mika ebenso vorwurfsvoll zurück. Doch im selben Moment wusste sie auch, wie ungerecht es war, Fanny Vorwürfe zu machen. Schließlich war sie wegen ihr hier. »Sorry«, sagte sie deshalb schnell, bevor Fanny auch zu diesem Schluss kommen konnte.

»Aber hier finden wir ihn doch nie«, sagte Mika und spürte, wie ihr neu gewonnener Mut sie schon wieder verlassen wollte.

Doch Fanny stieß sie aufmunternd in die Seite. »Na komm, das ist nicht so wild. Wir teilen uns auf, jede von uns checkt vier Hallen. Irgendwo wird er schon sein, der Herr Fohlendieb.« Es sollte ein Scherz sein, aber Mika fühlte, wie ihr Blut bei diesen Worten ein paar Grad heißer wurde. Sie ballte entschlossen die Faust.

»Okay, aber waren es nicht neun Hallen?« Fanny hob eine Augenbraue und deutete auf den Geländeplan, auf dem neben jeder Halle auch die Attraktion aufgelistet war, die dort stattfand.

»Ja, aber ich denke nicht, dass Hanns de Burgh den Shetlandpony-Kinderzirkus in Halle 9 rasend interessant findet. Also, du eins bis vier, ich vier bis acht?« Mika nickte grimmig.

»Guter Plan.«

Fanny nickte ebenfalls. »Dann los. Und Mika?« Mika, die schon losgestartet war, drehte sich noch einmal um.

»Ja?«

»Wenn du ihn findest, mach keinen Quatsch. Das muss man besonnen und wohlüberlegt angehen. Du rufst mich an, und wir besprechen das weitere Vorgehen. Klar?«

»Glasklar!«, sagte Mika und war kurz darauf in der Menge verschwunden.

Doch drei Stunden später war von Mikas Entschlossenheit nicht mehr viel übrig. Sie hatte die Tribünen dreier riesiger Hallen Sitzplatz für Sitzplatz durchkämmt, aber Hanns de Burgh war nirgends zu finden gewesen. Die einzigen alten Bekannten, die Mika überall angetroffen hatte, waren die Männer in den beigen Blousons, die vor ihren kleinen Kameras kauerten und die Pferde im Ring filmten. Das hier war die letzte Halle und auch hier hatte sie den großen Holländer mit den auffällig silbergrauen Haaren nicht entdecken können. Im Ring vor ihr drehte gerade ein römischer Streitwagen seine Runden, vor den sechs muskulöse Haflingerhengste mit bodenlangen blonden Mähnen gespannt waren, aber Mika beachtete ihn nicht einmal. Hoffnungsvoll zog sie ihr Handy hervor, auf dem eben eine Nachricht aufgeploppt war, doch sie unterschied sich nicht von den drei vorhergegangenen: »Halle 7 – Fehlanzeige«, schrieb Fanny – und Mika seufzte tief. »H4 auch. Treff dich in H8«, tippte Mika zurück. Es klang ein bisschen, als würden sie Schiffe versenken spielen. Sie steckte das Telefon seufzend wieder ein und blickte dann auf den mit Ketchup verschmierten Flyer, den sie in Halle 2 am Boden gefunden hatte und der zu ihrer Erleichterung eine Karte des Geländes enthielt. »Halle 8 – Connemara Ponys, Camargue-Pferde, Welsh Cob«, las sie lautlos und fuhr mit dem Finger den Weg entlang, den sie nehmen musste, um die letzte Halle zu finden. Plötzlich stockte sie und starrte auf ihren Zeigefinger. Dessen Spitze war wie eine Kompassnadel exakt auf ein unscheinbares graues Viereck gerichtet: V.I.P. Zelt, stand in geschwungener Schrift darunter. Mika hatte genug von Mariannes Klatschmagazinen gelesen, die zu Hause in Kaltenbach auf dem Klo herumlagen, um zu wissen, was das hieß. Very Important Person. Superwichtige Person. Wer, wenn nicht Hanns de Burgh, würde genau dort zu finden sein! Mika spurtete los und hatte gar nicht bemerkt, dass der Fahrer des Streitwagens seit fünf Minuten verzweifelt versuchte, seine Hengste wieder in Bewegung zu setzen, die andächtig neben ihr stehen geblieben waren.

Mit schnellen Schritten ging Mika auf das rote Zelt zu, vor dem ein Teppich in gleicher Farbe ausgerollt war. Vor dem Eingang war eine dicke goldene Kordel gespannt neben der ein breitschultriger Mann in einer albernen Zirkusuniform Wache hielt. Ein paar Mädchen lungerten gelangweilt herum und schienen auf Stars zu warten, die entweder nicht kamen oder schon wieder gegangen waren. Mika war so entschlossen auf den Eingang zugegangen, dass der Gorilla sie erst bemerkte, als sie gerade im Begriff war, eines ihrer langen Beine über das Seil zu heben.

»Au-gen-blick!«, blaffte er, griff nach ihrem Bein und hielt es in der Luft fest. Doch das hätte er nicht tun sollen.

Mika hatte zwar eine ausgezeichnete Balance, aber sie konnte es auf den Tod nicht ausstehen, wenn man sie festhielt. Es war mehr ein Reflex als böse Absicht, und Mika war selbst erschrocken, als der Mann plötzlich zusammenklappte wie ein Taschenmesser und sich wimmernd die Hände vor den Schritt hielt. Aber wie auch immer, es hatte funktioniert – ihr Bein und der Weg ins Zelt waren frei.

»Tschuldigung«, murmelte sie hastig und verschwand, noch bevor der Wachmann wieder zu Atem gekommen war.

Mika sah ihn sofort. Er lehnte lässig in den weichen Polstern einer der Sitzgruppen und war umringt von einer Traube hochnäsig aussehender Frauen, die an seinen Lippen hingen und jedes Mal laut auflachten, wenn er einen Satz beendet hatte. Mika stand da und merkte plötzlich, wie das Blut heiß in ihren Kopf schoss. Ihre Hände ballten sich zu Fäusten. Er hatte Ora kaltblütig gestohlen und jetzt saß er hier, nippte an einem Cocktail und lachte als wäre nichts geschehen! Bevor sie wusste, was sie tat, hatte sie eine der Frauen unsanft zur Seite geschubst und stand vor Wut zitternd vor ihm. Das Lächeln aus Hanns de Burghs Gesicht verschwand und seine eisblauen Augen musterten Mika von oben bis unten.

»Michaela, richtig?«, fragte er dann. Die Frauen neben ihm sahen Mika pikiert an, die noch kein Wort herausgebracht hatte. »Was für eine unerwartete Freude.« Es klang, als meine er genau das Gegenteil.

»Du … Schwein«, presste Mika zwischen den Zähnen hervor und machte einen weiteren Schritt auf ihn zu. »Wo ist sie? Ich weiß, dass du sie gestohlen hast!« Hanns de Burgh stand auf. Er war einer der wenigen Menschen, zu denen Mika aufschauen musste, aber auch das konnte sie nicht bremsen.

»Wo ist sie?«, wiederholte sie. Mit einem entschuldigenden Lächeln zu den entsetzten Damen, packte Hanns sie am Arm und schob sie ein Stück zur Seite. Zornig schüttelte Mika seine Hand ab.

»Beruhig dich, Mädchen. Und pass vor allem auf, wie du mit mir sprichst«, sagte er drohend und seine kalten Augen blitzten gefährlich. Mika spürte, wie ihr Tränen in die Augen schossen.

»Ich will sie wiederhaben«, brachte sie mühsam hervor. Hanns sah sich über Mikas Kopf hinweg suchend um.

»Geht es dir gut? Wo ist deine Großmutter?«, fragte er und es klang … besorgt. Mika hob überrascht den Kopf. Als sie nicht antwortete, fügte er hinzu: »Was ist denn passiert? Wen willst du wiederhaben?« Hanns de Burgh sah sie an und seine Stimme war ganz ruhig, als versuche er, ein aufgebrachtes Pferd zu beruhigen.

»Ora«, sagte Mika und spürte, wie ihre Wut sie mit einem Schlag verließ und nur Verzweiflung übrig blieb.

»Ora? Marias Fohlen? Was ist mit ihm?« Der große Holländer sah sie eindringlich an.

»Sie haben sie gestohlen.« Mika sprach die Worte aus und wusste im selben Augenblick, dass sie nicht stimmten. Die Überraschung auf Hanns Gesicht war echt.

»Sie wurde gestohlen? Wann? Wie? Von wem?« Er packte Mika am Arm und diesmal ließ sie es geschehen.

»In der Nacht. Nachdem Sie … sie …« Mika verstummte. Es war sinnlos. Plötzlich wollte sie nur noch weg. Weg von dem Schmerz, zurück zu Ostwind. Und als wäre sie erhört worden, packte sie eine andere Hand deutlich fester, als die von Hanns, der sie im gleichen Moment losließ. Ihr Arm wurde unsanft auf ihren Rücken gedreht. Der Gorilla in der Zirkusuniform war offenbar wieder zu Kräften gekommen.

»Entschuldigung, Herr de Burgh. Ich erledige das sofort!«, knurrte er und bevor der überraschte Holländer reagieren konnte, schubste er Mika vor sich her in Richtung Ausgang.

»Halt! Michaela!«, rief es hinter ihnen her, aber weder der Gorilla noch Mika waren willens, noch einmal anzuhalten.

»Wie siehst du denn aus?«, alarmiert sprang Fanny von der Bank auf, auf der sie vor Halle 8 auf Mika gewartet hatte. Mika zuckte gleichgültig die Schultern.

»Ich wurde in einen Mülleimer geworfen«, sagte sie, als wäre das bei ihr an der Tagesordnung und zupfte dabei ein Stück Eiswaffel aus ihrer langen roten Mähne.

Fanny starrte sie an. »Von wem um Gottes willen?« Doch dann hob sie die Hand. »Nein, lass mich raten. Du hast Hanns de Burgh gefunden und dann so besonnen und überlegt mit ihm geredet, dass er dich anschließend in die Tonne gekloppt hat.«

Mika seufzte. »Ungefähr so. Aber es ist auch egal. Sam hatte recht. Er hat Ora nicht. Und ich will jetzt hier weg.«

Fanny sah sie überrascht an. »Sicher?«

»Sicher! Komm, lass uns abhauen.« Sie wollte losgehen, doch Fanny schien plötzlich unentschlossen.

»Äh … können wir nicht noch kurz hierbleiben?« Mika drehte sich um.

»Warum denn?«

»Weil … ich …, in Halle 7 werden Trakehner gezeigt, das würde ich eventuell gerne sehen«, sagte Fanny, ohne Mika anzusehen und scharrte mit dem Fuß auf dem Boden.

»Na klar!« Mika legte den Kopf schief. »Und warum wirklich?«

Fanny sah auf. »Okay, kann sein, dass ich einen echt interessanten Typen kennengelernt habe! Er heißt Ruben und hat so ein Grübchen im Kinn und er ist irgendwie echt … geheimnisvoll.« Sie grinste kurz, doch als sie Mikas Gesichtsausdruck sah, senkte sie schuldbewusst den Kopf.

»Okay, blödes Timing. Das ist echt Scheiße mit Hanns de Burgh. Sorry! Ich schreib ihm ne Nachricht, dass wir doch schon fahren.«

Mika sah ihre Freundin baff an, die mit geröteten Wangen in ihr Handy tippte. Für sie gehörte Fanny einfach zu Sam, egal was sie sagte. Doch sie riss sich zusammen.

»Er kann ja noch kurz zum Truck kommen, wir müssen eh noch warten, bis José fertig ist«, lenkte sie großzügig ein, obwohl sie auf nichts weniger Lust hatte als auf den geheimnisvollen Ruben und sein Kinngrübchen. Fanny grinste wieder.

»Spitzenidee.« Doch sie machte keine Anstalten, dem geheimnisvollen Ruben dies auch mitzuteilen.

»Willst du ihm das nicht schreiben?«, fragte Mika, und Fannys Grinsen wurde breiter.

»Hab ich längst. Und er kommt sehr gerne!«, sagte sie und zwinkerte Mika fröhlich zu.

10. Kapitel

Mika lag in der Sonne auf dem Rücken ihres geliebten Hengstes, der das kleine Grasstück vor dem Truck in einem sauberen Halbkreis schon fast abgeweidet hatte. Sie hatte die Augen geschlossen und hoffte, dass Ostwinds Wärme von unten und die Sonne von oben das Frösteln vertreiben würden, das ihr seit ihrem Zusammentreffen mit Hanns de Burgh in den Gliedern saß. Zum ersten Mal seit Tagen dachte sie an Milan. Er war immer noch irgendwo in den Rocky Mountains und für ihn war die Welt noch in Ordnung. Er wusste nicht, dass Ora verschwunden war, und Mika fürchtete sich jetzt schon vor dem Moment, in dem sie es ihm sagen musste. Sie hätte ihn jetzt gerne hier gehabt. Milan wäre auch traurig gewesen, aber im Gegensatz zu ihr, verlor er fast nie die Beherrschung. Und, dachte Mika seufzend, er würde vielleicht auch wissen, was sie jetzt tun könnten. Sie war so davon überzeugt gewesen, dass der gierige Holländer Ora gestohlen hatte, dass sie nun umso ratloser war.

Ora. Sie sah das Fohlen vor sich. Das weiche graue Fell, die zarten rosa Nüstern. Sah, wie Ora den Kopf schief legte, als würde sie sich fragen, was diese faszinierende Welt noch an Abenteuern im Angebot hatte. Und Mika hoffte mit dem letzten hellen Funken, der noch in ihr war, dass es ihr gut ging. Wo immer sie jetzt war.

Ostwind tat einen Schritt und Mika verlagerte automatisch ihr Gewicht, um die Bewegung mitzumachen. Von der anderen Seite des Trucks drangen Stimmen an ihr Ohr. Das waren Fanny und ihr Date, Ruben Kinngrübchen. Offenbar lief es gut, denn Fanny lachte laut auf. Schön für sie, dachte Mika ungnädig. Solange sie auf ihrer Seite des Trucks blieben.

In diesem Moment trug der Wind Fannys Stimme klar und deutlich an ihr Ohr. »Wir können ihr ja mal Hallo sagen. Sie ist gleich da drüben, bei ihrem Pferd.« Dann hörte sie die unvermeidlichen Schritte und wieder Fannys Stimme.

»Mika? Das ist Ruben.« Für einen Moment überlegte Mika, ob es sehr unhöflich wäre, einfach still liegen zu bleiben und so zu tun, als wäre sie auf dem Rücken ihres Pferdes eingeschlafen. Aber dann gab sie sich einen Ruck. Sie öffnete die Augen, richtete sich auf und lächelte so freundlich, wie sie konnte. »Hallo, Ru-«

Sie brach ab und das Lächeln auf ihrem Gesicht versiegte. Fanny hatte recht gehabt. Der dunkelhaarige Junge, der da mit einem Lächeln vor ihr stand, sah wirklich interessant aus. Er war groß, hatte breite Schultern und hohe Wangenknochen, doch das Auffallendste an ihm war nicht das kleine Grübchen in seinem Kinn, sondern seine Augen. Eines war dunkelgrün, das andere hellbraun und das gab dem Blick, mit dem er sie nun musterte, tatsächlich etwas Geheimnisvolles. Mika hatte nur den Bruchteil einer Sekunde gebraucht, um all das wahrzunehmen.

Ebenso wie seine Kleidung. Er trug eine verwaschene schwarze Jeans, ein T-Shirt, das vielleicht einmal blau gewesen war und darüber eine olivgrüne Jacke, die an der Seite ein handtellergroßes Loch hatte.

In einer einzigen fließenden Bewegung glitt Mika von Ostwinds Rücken. Mit drei weiteren Sätzen war sie bei Ruben, hatte sich auf ihn gestürzt und ihn zu Boden gerissen.

»Du warst das! Du warst das!«, brüllte sie immer wieder, während der überrumpelte Junge verzweifelt versuchte, ihrem Klammergriff zu entkommen. Aber Mika war stark und was ihr an Kraft fehlte, gab ihr die Wut. »Wo ist sie? WO IST SIE?«

»Mika!«, das war Fannys Stimme, die ebenso laut brüllte wie Mika. »Lass das!« Mika spürte Fannys Hand, die versuchte, sie festzuhalten – und dieser kurze Moment der Ablenkung war alles, was Ruben brauchte. Mit einer kleinen Drehbewegung seines Körpers befreite er sich, rollte über den Boden und sprang auf die Füße. Und rannte dann so schnell er konnte davon.

»Er hat Ora gestohlen«, brüllte Mika in diesem Moment Fanny an, die neben ihr auf dem Boden saß und sie anstarrte. »Und jetzt ist er weg!«

Fanny konnte immer noch nichts sagen und sah Mika nur stumm an, die aufgesprungen war, um die Verfolgung aufzunehmen.

»Argh! Wo ist er hin? Fanny, wo ist er hin!« Mika blickte wild um sich, doch Ruben war nirgends zu sehen. Stattdessen bog José um die Ecke des Trucks. Er lächelte entschuldigend und deutete mit dem Daumen seiner riesigen Hand hinter sich. »Freund. Da. K.o.« Dann machte er eine Geste, als würde etwas an seiner breiten Brust zerschellen. »Ich. Nur. Stehe. Da. Und. Bumm!«

Mika machte einen Schritt, um an Josés massigem Körper vorbeizusehen. Und da, neben dem Truck, lag Oras Dieb reglos im Gras.

»Du hast nie was von einem Stofffetzen gesagt!« Fanny starrte stur geradeaus. Die beiden Freundinnen saßen nebeneinander an die Wand einer leeren Pferdebox gelehnt. Ihnen gegenüber kauerte Ruben, der immer noch ziemlich benommen aussah und sich mit einer Packung gefrorener Fischstäbchen die Schläfe kühlte.

»Ich dachte, Sam hätte es dir erzählt. Oder Oma«, antwortete Mika, ohne den Blick von Ruben abzuwenden.

»Wenn ich das gewusst hätte, hätte ich doch sofort …« Fanny schüttelte unglücklich den Kopf. Sie konnte sich immer noch nicht verzeihen, dass sie ausgerechnet mit Oras Dieb geflirtet hatte.

»Ist doch auch egal jetzt. Hauptsache wir haben ihn. Und das haben wir dir zu verdanken, sieh es mal so.«

»Hm«, machte Fanny halbherzig. Auf der anderen Seite hob Ruben den Kopf und drehte ihn vorsichtig hin und her, als wolle er sichergehen, dass er noch fest auf seinem Hals saß. Er räusperte sich und Mikas Augen wurden zu Schlitzen. Es kostete sie viel Mühe, hier einfach ruhig zu sitzen und abzuwarten, bis er wieder weit genug bei Bewusstsein war, um ihnen zu sagen, wo Ora war.

»Wo. Ist. Sie?«, knurrte sie sofort, wie sie es die ganze

letzte Stunde bei jeder seiner Regungen getan hatte. Doch dieses Mal kam zum ersten Mal so etwas wie eine Antwort: Ruben zuckte mit den Schultern. Mika wollte sich schon wieder auf ihn stürzen, aber Fannys Arm klappte vor und hielt sie zurück.

»Hey, das bringt uns nicht weiter. Lass mich mal.« Sie lehnte sich zurück und sah Ruben eine ganze Weile durchdringend an.

»Wo ist sie?«, fragte sie dann ruhig – und Mika neben ihr rollte entnervt die Augen. Doch es funktionierte.

»Keine Ahnung«, kam es patzig zurück.

»Hm, nein, das wird leider nicht reichen«, entgegnete Fanny und schüttelte betrübt den Kopf.

»Was'n?«

»Na ja, ich würde mal sagen, deine Situation ist mittelgut. Du hast unser Fohlen geklaut, das ist schlecht. Wir haben dich erwischt und eingesperrt, auch schlecht. Und jetzt rufen wir die Polizei, sehr schlecht.«

Ruben verzog das Gesicht. »Was ist daran mittelgut?« Und wie Mika, die sich just dieselbe Frage gestellt hatte, sah er Fanny abwartend an.

»Wir sind verhandlungsbereit. Das ist gut. Du gibst uns das Fohlen zurück, wir lassen dich laufen. Sehr gut für dich.«

Ruben lehnte sich wie die beiden Mädchen zurück an die Wand. Ein schmales Grinsen erschien auf seinem Gesicht und mit ihm zwei weitere Grübchen.

»Du bist echt lustig. Ich glaub, ich mag dich.« Fanny wurde ein bisschen rot, aber sie fuhr ungerührt fort.

»Ja schön, aber ich glaube der Zug ist abgefahren. Also …«

»… wo ist sie?«, vollendete Mika den Satz und starrte den dunkelhaarigen Jungen feindselig an.

»Deine Freundin ist dagegen irgendwie einsilbig«, bemerkte er und rieb sich die Stirn. Nun wurde es Mika zu bunt.

»Jetzt hör auf mit den Sprüchen und rede, du Affe, oder ich ruf die Polizei und zwar gleich.« Sie hob die Hand und zeigte ihm ihr Handy, auf dem sie bereits die Nummern 110 eingetippt hatte.

Ruben verschränkte resigniert die Arme vor der Brust.

»Mach nur, darauf wird's eh hinauslaufen. Ich weiß nämlich nicht, wo euer Fohlen jetzt is.«

»Aber du hast sie schon –?« Fanny versuchte, freundlich zu bleiben. Sie wollte Informationen, keinen Streit.

»Ich hab sie mitgenommen, ja. Aber ich hab sie noch in derselben Nacht abgeliefert, wie immer.«

»Wie immer?« Mika sah ihn so angewidert an, als wäre er etwas, das die Katze hereingeschleppt hatte. Fanny kniff sie warnend in den Oberschenkel.

»Pass auf, du erzählst uns einfach alles, was du weißt. Und dann kannst du gehen.«

Ruben sah Fanny prüfend an.

»Echt jetzt?«

»Echt jetzt!«

Er blickte zu Mika, die erst nach einer ganzen Weile knapp nickte.

»Okay! Also, es gibt da diesen Typ. Der is in meiner …

Branche sowas wie'n Hauptgewinn. Er zahlt das Zehnfache vom normalen Preis.«

»Des normalen Preises«, korrigierte Fanny automatisch und Ruben hielt verwirrt inne. »Egal. Weiter.«

»Jeder is scharf auf die Jobs, aber er will immer nur ganz bestimmte Pferde. Alle Jubeljahre mal eins. Ich hab schon zwei Jobs für ihn gemacht!« Er lächelte, sichtlich stolz auf diese Tatsache. »Also, der Erste war eigentlich nix, das war für so nen Hengst, aber ich war wohl zu spät, der war dann schon weg.«

»Okay, blöd gelaufen, aber Ora?« Fanny wurde langsam ungeduldig – vor allem weil sie nicht wusste, wie lange Mika noch stillhalten würde. Ruben lächelte.

»Ora, richtig. Die war echt ganz süß. War total easy, die is einfach mit mir mit, hätte gar kein Halfter gebraucht. Ich krieg dann nen Ort per SMS, irgendeine Straßenkreuzung in der Nähe, und ne Zeit. Dann is Übergabe, Pferd gegen Geld, und das war's dann für mich«, schloss er und sah Fanny gleichmütig an, als habe er ihr eben ein Rezept für Gurkensalat durchgegeben.

»Und … wie kriegst du die Aufträge?« Mika bemühte sich, ihrer Stimme einen neutralen Klang zu geben.

»Na, der Typ lässt alle Zuchtschauen beobachten. Und wenn er da was sieht, das ihm gefällt, dann kommt ne Nachricht mit dem Namen des Pferdes.«

Mika sah Fanny mit großen Augen an. »Die Späher!«

»Äh … wie bitte?«

Mika wandte sich an Ruben. »Diese Typen, in den beigen Jacken, mit den Kameras?« Er nickte anerkennend.

»Genau. Du bist vom Fach, ne?« Mika schüttelte unwillig den Kopf, doch ihre Gedanken rasten im Kreis. Und plötzlich machte etwas Klick.

»Diesen Hengst, den du stehlen solltest? Wie hieß der?«

Ruben grinste breiter und entblößte dabei eine kleine Lücke zwischen seinen Vorderzähnen, die Fanny unter anderen Umständen sicher sexy gefunden hätte.

»Der hatte nen echt langweiligen Namen. Aber das war gar nicht das Lustigste. Das Lustigste war, dass er verreist war. Verreist! Nach Spanien. Hat mir jedenfalls der Stallbursche da erzählt. Netter Typ.«

Fanny drehte ganz langsam den Kopf und sah Mika an, die plötzlich ganz ruhig war.

»Wie hieß das Pferd?«, wiederholte sie und ihre Stimme zitterte ein bisschen.

»Keine Ahnung, was das jetzt für ne Rolle spielt, aber okay«, sagte Ruben und sah die beiden offen an. »Ostwind. So hieß der!«

11. Kapitel

Mika stand mit verschränkten Armen vor dem Truck und sah nachdenklich in den Abendhimmel, der sich über dem weitläufigen Gelände der Hengstschau langsam rötlich färbte. Sie brauchte frische Luft. Vor allem aber musste sie nachdenken und zwar ohne dabei, in das Gesicht eines Pferdediebs zu blicken. Der Mann, der Ora gestohlen hatte, oder stehlen ließ, hatte also auch Ostwind haben wollen. Wieder wanderten ihre Gedanken zu Hanns de Burgh. Er hatte beide Pferde kaufen wollen, aber Mika sah sein überraschtes Gesicht vor sich und so sehr sie es auch drehte und wendete, sie war sich sicher: Hanns war es nicht gewesen. Das sagte ihr Gefühl und das hatte sie noch nie getäuscht. Hinter ihr öffnete sich die kleine Seitentür des Trucks und Fanny kletterte heraus. Mika drehte sich um.

»Was machen wir jetzt mit ihm?«, fragte sie und nickte in Richtung des Lkws. Fanny zuckte mit den Schultern.

»Das wollte ich dich grade fragen. Er versuchte eben schon abzuhauen, aber José war … dagegen.« Sie grinste. Mika sah wieder in den Himmel, an dem die ersten Sterne auftauchten.

»Denkst du, was ich denke?«, fragte sie nach einer längeren Pause. Fanny neben ihr seufzte tief.

»Ich glaub schon. Aber bist du sicher? Wir könnten auch die Polizei rufen.«

Mika schüttelte grimmig den Kopf. »Nee. Das Vergnügen hatte ich schon.«

»Okay!« Fanny war für ihre Verhältnisse seltsam ruhig. »Aber«, fuhr sie zögerlich fort, »das ist diesmal echt gefährlich. Ich bin ja immer für Abenteuer, aber wenn was schiefgeht ...«

Mika sah sie an. »Er hat Ora. Er will Ostwind. Das ist unsere einzige Chance, sie wiederzufinden. Du hast Ruben doch gehört. Er hat keine Ahnung, wer oder wo der Typ ist.« Fanny nickte.

»Gut. Dann gehen wir mal zurück zu unserem Freund und überbringen ihm die frohe Botschaft.« Entschieden zog sie ihr Handy aus der Tasche. »Aber vorher muss ich noch kurz telefonieren.«

»Seid ihr total durchgeknallt?« Ruben starrte die beiden Mädchen an, die ihm gegenübersaßen.

»Ja auch, aber darum geht es jetzt nicht«, sagte Fanny und faltete geduldig die Hände vor ihrer Brust. »Und für dich ist das doch ein Superdeal. Du rufst an und sagst, du hast Ostwind. Dann übergibst du ihn, kriegst das Geld und gehst deiner Wege. Und der Rest ist unsere Sache.«

»Nein«, sagte Ruben und schüttelte düster den Kopf.

»Doch«, sagte Mika und nickte ebenso düster.

»Ich meine, das funktioniert nicht. Ich kann den nicht anrufen. Die Nachrichten kamen immer anonym.«

Fanny und Mika sahen sich an.

»Scheiße«, entfuhr es beiden gleichzeitig. Ruben lehnte sich zurück und grinste.

»Tja Mädels, hätte euch gerne geholfen, echt. Die Kohle könnte ich gut gebrauchen. Fass es immer noch nicht, dass dieser Ostwind-Gaul ausgerechnet ...«

»Klappe!«, sagten beide wie aus einem Mund und Ruben verstummte beleidigt.

Fanny rubbelte sich die Stirn, als wolle sie ihre Gedanken in Fluss bringen. »Das gibt's doch nicht! Wir sind so nah dran! Irgendwie muss dieser fiese Pferdedieb erfahren, dass Ostwind wieder zu haben ist. Vielleicht können wir ne Anzeige in der Zeitung aufgeben?« Sie sah Mika abwartend an, die tief in Gedanken war. »Oder wir machen ein Video und stellen es auf YouTube ...«

Plötzlich donnerte Mikas Faust so heftig auf den kleinen Klapptisch, dass Ruben und Fanny zusammenzuckten. »Video! Das ist es!«

»Ja?«, fragte Fanny unsicher, die die Idee eigentlich schon wieder verworfen hatte. »Aber ob der Typ jetzt ausgerechnet so ein YouTube-Fan ist?«

Doch Mika antwortete nicht. Sie kramte stattdessen hektisch in ihrer Hosentasche und zog schließlich den fleckigen Flyer der Hengstschau hervor. Fieberhaft glitten ihre Augen über das Programm und sie murmelte: »Bitte! Bitte! Bitte!« Fanny und auch Ruben sahen ihr mit wachsender Neugier zu.

»Jawohl!« Mika sah triumphierend auf. »Lusitanos, Tres Sangues, Andalusier!« Fanny runzelte die Stirn.

»Was soll das jetzt? Ist das ne Weinkarte?«

Mika grinste über das ganze Gesicht. »Nee, das ist das Programm der Hengstschau für morgen. Halle 4 um elf Uhr«, erklärte sie, als würde das alles erklären. Fanny verstand immer noch nicht, aber Ruben nickte plötzlich anerkennend. »Clever. Respekt!«

Fanny sah zwischen den beiden hin und her. »Hallooo?«

Ruben lächelte. »Na, morgen um elf werden spanische Hengste gezeigt. Und da draußen steht ein ziemlich beeindruckender … Andalusier?« Er sah Mika fragend an, die nickte.

»Genau«, fuhr sie fort. »Diese Späher beobachten alle Shows per Video. So hat er Ora gefunden. Und so …«

»… finden wir ihn!«, schloss Fanny, die endlich begriffen hatte. »Wow!«, sie sah Mika sichtlich beeindruckt an. »Also, ich fasse zusammen. Wir zeigen Ostwind morgen auf dieser Show, diese Typen filmen ihn, der Typ, der Ora hat, sieht das, schickt Ruben ne Nachricht. Ruben übergibt Ostwind und wir verfolgen ihn, bis er uns zu Ora führt und dann …«

»Dann kommt ihr alle zusammen in die Klapsmühle!«, knurrte eine Stimme hinter ihnen. Alle sahen zur Tür und da stand: Sam.

Fanny stand auf. »Wieso bist du schon da? Ich hab dir doch erst vor ner halben Stunde auf die Mailbox gesprochen?«

»Weil ich schon unterwegs war. Frau Kaltenbach hat mir die Hölle heiß gemacht und ich wollte sichergehen, dass ihr keinen Quatsch macht. Und wie es aussieht, komme ich gerade rechtzeitig!«

»Hey!«, sagte Ruben in diesem Moment und grinste Sam erfreut an. »Wie geht's denn so, Kumpel?«

Am nächsten Morgen sah Sam immer noch aus, als würde er jeden Augenblick in die Luft gehen. Er war blass, seine Haare standen in alle Richtungen vom Kopf ab, sein Karohemd war zerknittert und er hatte, seit er vor drei Stunden in seinem Schlafsack aufgewacht war, noch kein Wort gesprochen. Es war eine harte Nacht gewesen und Sam hatte einiges zu verdauen.

»Hey Stallbursche! Komm drüber weg«, sagte Fanny. Sie ließ sich neben ihm auf der langen Holzbank nieder, die längs der großen Zelthalle verlief und reichte ihm einen Kaffeebecher.

»Du hast leicht reden«, kam es muffig zurück und Fanny grinste erfreut.

»Ah! Es spricht!« Sam nahm einen Schluck Kaffee und riss die Augen auf.

»Vierfacher Espresso«, erklärte Fanny und klopfte ihm auf die Schulter. »Ich dachte, den brauchst du jetzt.«

»Ich kann einfach nicht fassen, dass ihr das wirklich machen wollt. Ostwind als Lockvogel benutzen. Und gemeinsame Sache machen mit diesem … Schweinehund.« Er sah finster vor sich hin.

»Mit dem du dich offenbar prima verstanden hast, als er letztes Jahr nach Kaltenbach gekommen ist, um Ostwind zu klauen«, sagte Fanny kühl und traf damit offenbar einen wunden Punkt. Sam sah sie an.

»Ich wusste ja nicht … und er war total nett.«

Fanny seufzte. »Ja, ich fand ihn auch …«, sie bremste sich gerade noch rechtzeitig: »nett.«

Sams Augenbraue schoss prompt nach oben. »Wie bitte?«

»Ah! Da ist Mika!« Fanny sprang erleichtert auf, bevor Sam weiterreden konnte. »Du bleibst schön hier, trinkst Kaffee, hältst mir den Platz frei und ich helfe Mika mit der Anmeldung, okay?«

»Hm«, brummte Sam ungehalten und sah sie nicht an.

Fanny zögerte. »Sam?«

Er sah auf. »Ja?«

»Du bist dabei, oder? Wir schaffen das nämlich nicht ohne dich.«

Sam hielt ihren Blick für einen Moment. Dann nickte er. »Ja, ich bin dabei.«

»Gut«, sagte Fanny entschlossen. Sie war schon aufgestanden, als ihr noch etwas einfiel. »Wo ist eigentlich Chili?«, fragte sie und sah sich suchend um. »Ich dachte, er wäre bei dir?« Doch Sam schüttelte nur den Kopf.

»War er. Aber dann wollte er lieber bei José im Truck schlafen. José hatte Hühnchen«, fügte er erklärend hinzu.

»Oh nein!« Fannys Augen weiteten sich.

»Ist doch nicht schlimm, er ist sicher noch im Truck und macht einen Verdauungsschlaf. Es war ein ziemlich großes Hühnchen.«

»José ist heute Morgen weitergefahren«, sagte Fanny dumpf.

»Oh nein!« Sam sah sie erschrocken an.

»Ich hatte mich gerade an die kleine Ratte gewöhnt«, sagte sie und starrte für einen Moment traurig vor sich hin. »Ich war wohl nicht das beste Frauchen auf der Welt.« Doch dann zuckte sie tapfer die Schultern. »Wahrscheinlich besser für Chili. José hat Hühnchen.« Und damit drehte sie sich um und ging davon.

Sam seufzte, kniff die Augen zusammen und trank den Kaffeebecher in einem Zug aus.

Vor dem Meldeschalter, der in einer einfachen Bretterbude am Seiteneingang von Ausstellungshalle 4 untergebracht war, herrschte dichtes Gedränge. Mika und Ostwind standen bereits in der Schlange und Fanny schob sich vorsichtig an den wartenden Teilnehmern vorbei. Überall schnaubte und wieherte es, denn die vielen Hengste, die hier auf engstem Raum auf ihren Auftritt warteten, waren sichtlich nervös. Es waren imposante Pferde mit kunstvoll eingeflochtenen Mähnen und glänzendem Fell.

»Ziemlich heftige Konkurrenz«, bemerkte Fanny deshalb mit einem kritischen Blick auf Ostwind, als sie Mika endlich erreicht hatte. Der Hengst sah fit und muskulös aus, aber seine zweifarbige Mähne war wild und zottelig und sein dunkles Fell dichter und länger als das der anderen Pferde. Mika zuckte die Schultern und strich Ostwind liebevoll über den Rücken.

»Er ist ja auch seit fast einem halben Jahr quasi ein Wildpferd, das kriegt man mit ein bisschen Striegeln nicht einfach weg.«

»Hm«, sagte Fanny abwesend und beide betrachteten einen strahlenden Schimmel mit seidig gelockter Mähne, der eben an ihnen vorbeigeführt wurde.

»Der sieht jedenfalls aus, als hätte man ihn in die chemische Reinigung gegeben«, flüsterte Mika und Fanny kicherte. Und dann geschahen zwei Dinge gleichzeitig: Die dicke Frau, die hinter der Anmeldung saß, rief mit lauter Stimme: »Wir sind voll, Anmeldung ist geschlossen!«, und das blonde Mädchen, das den Schimmel führte und offenbar gerade den letzten Platz ergattert hatte, blieb stehen und drehte sich langsam um.

»Ich dachte doch, ich kenn die Stimme«, sagte sie und sah Mika mit arrogant hochgezogenen Brauen an. Mika brauchte einen Moment, um zu begreifen, wer da vor ihr stand.

»Hallo Michelle«, sagte sie ruhig.

Fanny hatte von alldem nichts mitbekommen. Sie stand wild gestikulierend vor dem Schalter und redete auf die dicke Frau ein, die mit unbewegter Miene und verschränkten Armen dasaß wie der Fels von Gibraltar.

»Tja, man trifft sich immer zweimal im Leben.« Michelle war einmal Frau Kaltenbachs beste Schülerin und ihr Liebling gewesen – bis Mika kam. Das ehrgeizige Mädchen hatte damals alles versucht, um sie loszuwerden und dabei Mika in Lebensgefahr und Sam ins Krankenhaus gebracht. Nun stand sie vor ihr und sah sie abschätzig an.

»Ist das Ostwind?«, fragte sie und ihr Gesichtsausdruck veränderte sich schlagartig, als sie den Hengst erkannte. Sie sah aus, als hätte sie einen Geist gesehen. »Ich dachte, er wäre …, ich dachte, sie hätten ihn …«, stammelte sie.

Mika schüttelte den Kopf. »Er hat es überlebt.« Sie spürte, wie die Erinnerung in ihr hochstieg und mit kalter Hand nach ihrem Herzen griff. Michelle schien es ihr anzusehen, denn sie wich ihrem Blick aus.

»Das wollte ich nicht«, sagte sie leise und Mika sah überrascht auf. »Ich hab oft dran gedacht, was damals passiert ist. Ich war einfach total … blöd. Und ich würde es gerne wieder gutmachen, wenn ich könnte.«

»Blöd ist echt milde ausgedrückt«, antwortete Mika hitzig. Sie war nicht gewillt, so einfach zu vergessen. Michelles Züge, die für einen Moment weich geworden waren, verhärteten sich wieder.

»Vergiss es«, sagte sie und zog den Schimmel unsanft zu sich heran. »Komm Weingraf. Los!«

»Nichts zu machen. Wir kriegen keinen Platz.« Fanny war wieder zu ihr getreten und Mika wirkte unglücklich. »Wieso kann nicht einmal irgendwas glatt laufen, verdammt!« Sie sah Mika an, auf deren Gesicht unverständlicherweise ein Lächeln aufgetaucht war. »Das scheint dich ja nicht sonderlich zu beeindrucken! Hallo? Wir kriegen keinen Plaaatz! Plan im Eimer!« Doch Mika nickte nur.

»Oh doch, wir kriegen nen Platz!« Und damit drehte sie sich wieder zu Michelle, die immer noch vergeblich versuchte, Weingraf wegzuzerren. Manche Dinge ändern sich nie, dachte Mika. Dann setzte sie ein gütiges Lächeln auf.

»Michelle?«

»Was?«, das blonde Mädchen fuhr herum und sah Mika genervt an.

»Du hast doch gesagt, du würdest gerne was gutmachen? Ich schätze, dein Wunsch geht in Erfüllung.«

»Krass!«, sagte Sam nur, als Fanny sich wieder auf den Platz neben ihm fallen ließ. Die Tribüne war bereits gut gefüllt und Fanny sah mit Erleichterung, dass direkt neben ihr einer der beigen Männer damit beschäftigt war, seine Videokamera aufzubauen.

»Was denn?«, fragte sie abgelenkt, denn gerade hatte sie Ruben entdeckt, der neben dem Halleneingang lässig an der Wand lehnte und ihr mit einem unverschämten Grinsen zuzwinkerte.

»Na, die Pferde!«, sagte Sam und zeigte in den Ring, in dem die ersten Teilnehmer aufgetaucht waren. Und er hatte recht, der Anblick war spektakulär. Wenige Meter von ihnen entfernt hielt eine hübsche junge Frau mit dunklen Locken einen karamellbraunen Hengst gekonnt an zwei langen Longen. Er trabte mit weiten federnden Schritten um sie herum, während sie sich mit ihm im Kreis drehte. »Doppellonge«, erklärte Sam gebannt. »Barocke Dressur. Das ist echt schwer!«

»Aha«, sagte Fanny erst und dann: »Na und?«

»Na und – Mika kann das nicht!«

»Na und – muss sie ja auch nicht! So wie ich das verstanden habe, läuft sie ein paarmal mit Ostwind im Kreis und«, sie senkte die Stimme, damit der Späher neben ihr sie nicht hören konnte, »unser beiger Freund hier filmt alles brav mit. Fertig!«

Sam verzog mitleidig das Gesicht. »Das hier ist ne

Hengstschau, Fanny. Die laufen nicht einfach im Kreis wie die Fohlen. Die müssen zeigen, was sie drauf haben! Und das da hat weder Mika noch Ostwind drauf.«

»Arrrrgh!« Fanny schlug sich ein paarmal mit der flachen Hand auf die Stirn.

»Was denn?«

»Das gibt's doch nicht! Das ist wie verhext! Irgendwas ist doch immer! Erst kriegen wir keinen Platz und jetzt noch das!«

Sam war verwirrt. »Ihr habt keinen Platz gekriegt? Aber …«

»Doch, wir haben einen. Michelle hat Mika ihren gegeben. Nicht sehr gerne, aber am Ende wollte sie wohl doch vorsichtshalber ihr Karma aufpolieren.«

»Michelle? Hä?« Sam verstand gar nichts mehr. Aber Fanny hatte keine Zeit für Erklärungen. Sie war aufgesprungen und kletterte über die voll besetzte Tribüne.

»Hey, wo willst du hin?«

»Na, ich sage Mika, dass sie das mit der Doppellonge machen muss. Sonst fliegen wir raus, bevor es angefangen hat«, rief sie über ihre Schulter. »Sie wird ja wohl hoffentlich nicht gleich als Nächste dran sein«, brummte sie mehr zu sich selbst, während sie über ein entrüstetes älteres Ehepaar kletterte, das es sich gerade auf der langen Holzbank gemütlich gemacht hatte. Und natürlich ertönte im selben Moment eine gelangweilte Stimme aus dem knackenden Hallenlautsprecher, die unverkennbar zu der dicken Frau gehörte, mit der Fanny sich schon bei der Anmeldung angelegt hatte.

»Und als nächste Teilnehmerin: Mika Schwarz. Sie zeigt einen sechsjährigen Andalusier-Hengst mit weißem Stern. Und das Tier heißt ...«, Papier raschelte hörbar, dann leierte die Frau weiter, »... kann ich leider nicht lesen. Name wird nachgereicht.«

»Arghhh!«, machte Fanny und riss an ihren Haaren. Ihr Blick traf Mikas, die eben mit Ostwind den Ring betreten hatte und sie Hilfe suchend ansah. Fanny hob beide Hände vor ihren Mund und formte damit ein Megaphon. Sie holte tief Luft und dann brüllte sie so laut sie konnte: »OSTWIND! ER HEISST OSTWIND!« Auf der voll besetzten Tribüne drehten sich alle Köpfe und starrten sie an. Doch Fanny beachtete sie nicht. Stattdessen wandte sie sich zu Mika, die grinsend zu ihr heraufsah.

»Zeigt, was ihr könnt«, rief sie, etwas weniger laut und Mika reckte grinsend den Daumen hoch. »Wenn jetzt noch was schiefgeht, brech ich zusammen«, schnaufte Fanny und sank erschöpft auf die Bank. Und sprang im nächsten Moment wieder auf, denn der ältere Herr, auf dessen Schoß sie sich versehentlich gesetzt hatte, war davon wenig begeistert.

Mika war vollkommen ruhig. Sie stand neben Ostwind und wartete, bis der Ringrichter ihr das Zeichen gab. »Zeig, was du kannst!«, hatte Fanny ihr zugerufen und Mika hatte verstanden. Das hier war ihre einzige Chance, Ora zu finden. Ihre einzige Verbindung zu dem mysteriösen Mann, der sie ihr weggenommen hatte. Und nun musste sie seine Aufmerksamkeit erregen. Ihre Augen glitten über die Tribüne. Ein gutes Dutzend Videokameras war von dort aus auf sie gerichtet. Vielleicht saß der große Unbekannte genau jetzt irgendwo in einem dunklen Raum vor einem Monitor und sah ihr zu. Sah das Pferd, das er schon vor sechs Monaten hatte haben wollen. Ihr Pferd. Mika streckte die Hand aus und legte sie leicht auf Ostwinds Rücken. Mehr als diese Berührung brauchte es nicht, um ihre Verbindung zu ihm herzustellen. Mika lächelte. Eigentlich brauchte sie nicht einmal das. Selbst 2574 Kilometer konnten sie nicht trennen. Sie spürte das Zittern, das über sein Fell lief. Er war bereit. Mika öffnete die Augen und im selben Moment nickte der Ringrichter ihr zu.

»Was zeigen Sie uns denn Schönes?«, fragte er und sah mit einem Anflug von Missbilligung auf ihr graues Kapuzensweatshirt und die roten Turnschuhe. »Auf der Erde oder über der Erde? Levade? Piaffe?« Mika grinste.

»Keine Ahnung! Ich zeige ihnen einfach ein Pferd.«

Sie löste das lederne Führhalfter, zog es über Ostwinds Ohren und ließ es zu Boden gleiten. Der Ringrichter tat einen erschrockenen Schritt zurück. »Halt! Was machen Sie denn? Sie können ihn hier doch nicht einfach so … freilassen!«, quiekte er und das Raunen, das durch das Publikum ging, schien seine Empörung zu bestätigen. Aber Mika lächelte nur. Sie fiel in einen leichten Schritt und Ostwind neben ihr tat es ihr gleich. Sie wurde schneller und der Hengst nahm ihre Bewegung mühelos auf. Sie waren jetzt nicht mehr in einer voll besetzen Halle, sie waren draußen, unter freiem Himmel und sie spielten. Es war wie ein Tanz zu einer Musik, die nur sie beide hören konnten. Jeder folgte der Bewegung des anderen, nahm sie auf, spiegelte sie. Schneller, langsamer, schneller. Der Ringrichter, der hinter seinem Tisch in Deckung gegangen war, kam langsam wieder hervor. Seine Brille war von seiner Nase gerutscht und hing schief in seinem Gesicht. Im Publikum waren einzelne Zuschauer aufgestanden, um besser sehen zu können, was das rothaarige Mädchen mit dem dunklen Pferd da machte. Sand stob auf, als Ostwind an Mikas Seite auf das Hindernis zuflog, das am Ende der Halle aufgebaut war.

»Sie wird doch nicht …, er wird doch nicht«, japste der Richter und dann klappte sein Unterkiefer einfach nach unten. Denn Mika vollführte nur eine leichte Drehung mit ihrer Hand, der Ostwind folgte. Und sprang. Mühelos setzte er über die weißen Stangen und als er wieder aufgekommen war, riss er den Kopf hoch und galoppierte einen engen Kreis um Mika. Die drehte sich ein, hob beide Hände und unter dem donnernden Applaus, der von der Tribüne aufbrandete, stieg der Hengst mit einem kraftvollen Wiehern auf die Hinterbeine.

»Und?«, fragte Mika zum zehnten Mal und sah Ruben an, der an den hölzernen Pfosten des Zauns gelehnt war, auf einem Grashalm kaute und sich faul sonnte, als wäre er an Deck eines Kreuzfahrtschiffs. Fanny und Sam hockten eine Etage über ihm auf dem Gatter des Graspaddocks, in dem Ostwind ruhig graste, als sei heute noch nichts Nennenswertes passiert. Nur Mika lief unruhig auf und ab und hatte dabei schon ein kleines Oval in das kurz geschorene

Gras gepflügt. Sie hasste Warten! Und das taten sie seit drei Stunden. Ruben zuckte die Schultern, ohne die Augen zu öffnen.

»Nix. Aber wie gesagt, nach der Vorstellung würde es mich auch echt wundern, wenn Mr. X anbeißt.«

»Hey!«, schnappte Sam, dem der lässige Pferdedieb gehörig auf die Nerven ging. »Die Leute waren total aus dem Häuschen! Mehr Aufmerksamkeit geht ja wohl nicht!«

Ruben öffnete ein Auge und sah Sam mitleidig an. »Aber das ist leider kein Zirkus hier, sondern ne Leistungsshow. Klar, das war echt … irre. Nen Hengst einfach so freizulassen … der Richter hat sich fast in die Hose gemacht.« Er grinste breit. »Aber ihr wurdet disqualifiziert, schon vergessen?« Er hob sein Handy, das neben ihm im Gras lag. »Und Mr. X sieht das offenbar genauso. Sonst hätt ich den Auftrag längst gekriegt.«

Fanny und Sam tauschten einen besorgten Blick. Ruben hatte recht, langsam musste sie sich wohl mit dem Gedanken anfreunden, dass ihr Plan nicht funktionierte. Sam sah Mika an, die immer noch eisern auf und ab marschierte.

»Mika?«, begann er vorsichtig. »Ich glaube, wir sollten bald aufbrechen. Ich würde gerne in Kaltenbach sein, bevor es dunkel wird.«

Mika hielt inne und schüttelte den Kopf. »Was? Nein. Er meldet sich«, sagte sie bestimmt und setzte ihren Weg fort. Fanny seufzte und hielt ihre Freundin an der Schulter fest.

»Bitte bleib stehen. Ich werd seekrank. Und ich glaube

außerdem, Sam hat recht«, fügte sie ernst hinzu. »Wir brauchen einen neuen Plan.« Es klang für Fannys Verhältnisse seltsam mutlos. In diesem Moment stand Ruben auf.

»So Leute, das war's. Ich bin raus. Ich hab meinen Teil des Deals erfüllt. Sayonara!« Und damit wollte er sich umdrehen, als eine Hand ihn unsanft am Arm festhielt.

»Nein.« Mikas Augen glitzerten gefährlich. Ruben sah sie an und für einen Augenblick verschwand die Selbstsicherheit aus seinem Gesicht.

»Sorry! Aber dein Fohlen ist weg. Irgendwo im … Morgenland.«

»Was?« Mika hielt überrascht inne.

»WO?« Fanny und Sam hoben gleichzeitig den Kopf.

»Hä? Im Morgenland? Orient? So wie bei 1001 Nacht?«, Fanny sprang vom Zaun und ging auf Ruben zu. »Wie kommst du darauf?«

Ruben, dem die plötzliche Aufmerksamkeit unangenehm war, schüttelte den Kopf. »Keine Ahnung. Kann sein, dass bei der Übergabe einer der Typen irgendwas vom Morgenland gefaselt hat«, sagte er trotzig.

»Morgenland?« Alle drei sahen ihn gespannt an.

»Was soll das sein?« Mika hatte den Griff um seinen Arm gelockert und Ruben nutzte den Moment. Er schüttelte sie ab und sprang davon.

»HEY!« Mika wollte ihm gerade nachsetzen, als er nach wenigen Metern plötzlich von selbst stehen blieb. Sie hatten es alle gehört. Das unverkennbare Piep-Piep einer SMS-Nachricht. Ruben sah auf das Handy in seiner Hand. Dann drehte er sich langsam um und kam zu ihnen zurück. Wortlos hob er die Hand und drehte sein Handy so, dass die anderen das kleine Display sehen konnten. Die Nachricht, die darauf zu lesen war, bestand nur aus einem einzigen Wort: OSTWIND.

12. Kapitel

Tack-Tack-Tack-Tack. Das Geräusch von Ostwinds Hufen auf dem Asphalt war das Einzige, das die nächtliche Stille störte. Es war zwei Uhr morgens, als Mika und Ruben sich der einsamen Straßenkreuzung näherten. Sie hatten Sam und Fanny im Jeep des Gestüts hinter der letzten Kurve in einer kleinen Haltebucht zurückgelassen und nun gab es kein Zurück mehr. Mikas Herz klopfte heftig gegen ihre Rippen, als sie auf den unscheinbaren Treffpunkt zugingen, dessen Koordinaten Ruben kurz zuvor per SMS erhalten hatte. Ihre Finger schlossen sich fest um das Handy in ihrer Tasche und sie hörte Fannys pragmatische Stimme: »Egal was passiert, lass dein Handy an.« Seit die Nachricht mit Ostwinds Namen gekommen war, hatte Fanny an dem Plan gearbeitet, von dessen Umsetzung sie nur noch wenige Schritte entfernt waren und der sie, wenn alles klappte, zu Oras Dieb führen würde. Aus Fannys Mund hatte alles, wie immer, ganz einfach geklungen: »Du schmuggelst dich in den Transporter, wir folgen deinem Handy und wenn wir wissen, wo er Ora hat, rufen wir die Polizei.« Mit Sam war es, wie immer, komplizierter gewesen. Immer wieder hatte er versucht, die beiden von ihrem Vorhaben abzubringen.

»Das ist alles viel zu gefährlich!« und »Frau Kaltenbach wird uns alle umbringen!«, hatte er immer wieder abwechselnd gejammert und sich dabei so wild die Haare gerauft, dass er am Ende aussah wie ein Wischmopp nach einer Attacke tollwütiger Motten. Doch Mika war fest geblieben. Sie würde Ostwind nicht allein lassen. Und, wie sie zu ihrer Überraschung feststellte, sie hatte nicht einmal Angst. Als hätte Ruben ihre Gedanken gelesen, sah er sie von der Seite an.

»Hast du gar keine Angst? Ich meine, diese Typen, das sind Profis. Das sind keine kleinen Wald- und Wiesen-Pferdediebe.«

Mika sah ihn ruhig an. »So wie du?«

Ruben grinste und entblößte dabei seine Zahnlücke. »Jep, so wie ich.« Er wurde ernst. »Ich mein, es geht mich ja nichts an und ich bin auch echt dankbar für die Kohle, aber –« Er brach ab.

»Aber was?«

Er blieb stehen und sah Mika forschend an. »Also, ich hab ja schon viele Pferdetussis erlebt, aber du bist echt was ganz anderes.«

»Aha.« Mika wollte weitergehen, aber Ruben legte ihr eine Hand auf die Schulter.

»Mach das nich. Der ängstliche Stallbursche hatte recht. Die Typen sind echt gefährlich. Hau einfach ab. Ich sag denen, er is mir abgehauen, irgendwas. Krieg ich sicher Ärger, aber ich mach das für dich.«

Mika schüttelte seine Hand ab wie eine lästige Fliege und fuhr herum. »Du verstehst das nicht, oder? Das ist deine Schuld! Du hast Ora gestohlen! Ostwinds Fohlen. Und es ist egal, ob ich Angst hab, oder ob diese Typen gefährlich sind. Ich muss sie wiederfinden!« Ruben sah sie mit großen Augen an. Er öffnete den Mund, um etwas zu sagen, doch in diesem Augenblick stieß Ostwind hinter ihnen ein leises warnendes Wiehern aus. Seine Ohren zuckten unruhig. Er wandte den Kopf und sah aufmerksam die Straße hinunter. Mika folgte seinem Blick. Erst war nur ein leises Brummen zu hören, das langsam lauter wurde. Dann tauchte ein schwacher Lichtschein aus der Dunkelheit auf. Zwei Scheinwerfer tasteten sich langsam den Hügel hinauf. Ruben schluckte.

»Wie du willst. Jetzt ist es eh zu spät.« Instinktiv griff Mikas Hand in Ostwinds Mähne und zusammen sahen sie dem unheimlichen Gefährt entgegen, das sich nur langsam aus dem Dunkel der Nacht löste und auf sie zurollte.

Mika wusste nicht, was sie erwartet hatte – einen heruntergekommenen Pferdehänger wie den des Ungarn, einen mächtigen Truck wie den von José – alles, aber keinen eleganten dunkelblauen Kleintransporter mit getönten Scheiben. Aber genau der kam wenige Meter von ihnen entfernt fast geräuschlos in der Mitte der verlassenen Kreuzung zum Stehen. Das ergab Sinn. Kein Mensch, der dieses Auto von außen sah, wäre auf die Idee gekommen, ein Pferd in seinem Inneren zu vermuten. Ruben hatte recht gehabt: Das waren Profis!

»Okay los!«, zischte er Mika zu und in einer fließenden

Bewegung schwang sie sich auf Ostwinds Rücken. Sie wickelte eine Hand fest in seine dichte Mähne und glitt dann vorsichtig über seinen Rücken, bis sie mit wild klopfendem Herzen an seiner Seite hing.

»Krass! Du siehst aus wie'n Indianer kurz vor dem Überfall auf die Postkutsche«, hatte Sam beeindruckt ausgerufen, als Mika dieses Manöver nach einer guten Stunde Übung endlich gemeistert hatte. Ruben warf eine dunkle Pferdedecke über Ostwinds Rücken und der Hengst stieß ein drohendes Schnauben aus, als er ihn mit festem Griff am Halfter nahm.

»Hey«, drang Rubens Flüstern zu Mika. »Er macht jetzt aber keinen Quatsch, oder?« Mika schmiegte sich dicht an Ostwinds Bauch. Sie spürte das beruhigende Schlagen seines Herzens und dann wie ihr eigenes sich beruhigte.

»Nein«, gab sie leise zurück. »Wir sind bereit.«

Von draußen hörte sie ein gespenstisches elektronisches Surren und die feinen Haare auf ihren Armen richteten sich auf. Was war das?!

»Sie lassen jetzt die Rampe runter«, flüsterte Ruben prompt. »Keine Sorge. Die steigen nie aus und sie haben zwar Kameras, aber die sehen nur die eine Seite.« Er holte tief Luft. »Los geht's!« Bei den letzten Worten hatte seine sonst so coole Stimme zu zittern begonnen.

Und dann setzte Ostwind sich in Bewegung und Mika schloss die Augen. All ihre Konzentration war darauf gerichtet, seinen Bewegungen zu folgen und nicht, wie in all den Versuchen zuvor, nach wenigen Schritten auf den Boden zu plumpsen wie ein Sack Kartoffeln. Sie hörte das

Tack-Tack von Pferdehufen auf Stein, dann das Klonk-Klonk von Pferdehufen auf Metall, als Ruben den Hengst über die Rampe ins Innere des Transporters führte. Sie klammerte sich fester in Ostwinds Mähne und spürte zu ihrem Schrecken, wie sie ihr durch die Finger rutschte. Jeden Moment würde sie fallen. Mika biss die Zähne zusammen. Nein! Jetzt! Noch! Nicht! Klonk-Klonk. Und dann stand Ostwind wieder still.

»Wir sind drin«, zischte Ruben ihr zu und mit einem lautlosen Seufzer ließ Mika sich fallen. Sie fiel weich und zu ihrer Erleichterung auch geräuschlos, denn der Boden unter ihr war dick mit frischem Stroh bedeckt. Für einen Moment lag sie benommen da und versuchte, sich zu orientieren. Auf den ersten Blick sah es aus, als befände sie sich in einer ganz normalen, sogar geräumigen Pferdebox. Nur die fensterlosen Wände aus lackiertem Metall verrieten, dass sie sich nicht in einem gewöhnlichen Stall befand. Sie richtete sich auf und sah zu Ruben, der vor Ostwind stand und gerade den Führstrick mit geübten Griffen in einem Metallring verknotete. Er drehte sich um, ihre Blicke trafen sich – und Ruben erstarrte.

»Bleib unten!« Panik lag plötzlich in seiner Stimme. Mika brauchte einen Moment, um zu begreifen – doch dann sah sie es auch: Das schillernde schwarze Auge der kleinen Überwachungskamera starrte ihr direkt ins Gesicht. Mist! Ihr Herz schlug einen erschrockenen Salto und sie tauchte schnell wieder hinter Ostwind ab, doch da ertönte eine Stimme über ihren Köpfen. Mika hielt den Atem an.

»Alles klar, wenn du ihn gesichert hast, nimm das Geld und verschwinde.«

Uff! Mika atmete aus. Es hatte geklappt. Sie hatten sie nicht gesehen.

»Alles klar!«, hörte sie Rubens Stimme in gewohnter Lässigkeit. Er hielt einen braunen Umschlag in die Kamera und winkte fröhlich. »War mir ein Fest! Immer gut, Geschäfte mit euch zu machen, Jungs. Oder vielleicht Mädels?« Er zwinkerte der kleinen Linse zu. »Wo geht's denn hin? Wieder ins Morgenland?« Er wartete einen Augenblick, doch es kam keine Antwort. Stattdessen begann sich die Rampe hinter ihm, langsam zu schließen. Das Lächeln auf Rubens Gesicht erstarb. »Was soll das? Hey! Stopp!« Er spurtete los und sprang mit einem Satz auf die Rampe, die schon einen guten halben Meter über dem Boden war. Er hielt inne und sein Blick fand Mika, die geduckt in der Ecke der Box saß. »Komm! Mit!«, formten seine Lippen tonlos. Die Rampe war schon zu zwei Dritteln geschlossen. Doch Mika blieb einfach sitzen. Auch ihre Lippen formten ein Wort: »Danke!«

Ruben schüttelte ungläubig den Kopf und wand sich mit einer blitzschnellen Drehbewegung durch den schmalen Spalt, kurz bevor sich die Rampe hinter ihm schloss. Mika atmete tief durch. Sie zog ihr Handy hervor und tippte eine Nachricht an Fanny. Drei Worte: »Es geht los!« Kaum hatte sie auf Senden gedrückt, erzitterte der Boden unter ihr und der Transporter setzte sich in Bewegung.

»Ha! Es geht los!« Fanny saß neben Sam auf dem Beifahrersitz des Jeeps und starrte auf ihr Tablet, das sie vor sich auf den Knien hatte. Der Bildschirm zeigte einen kleinen blinkenden Punkt auf einer Landkarte, der in diesem Moment begonnen hatte zu wandern. Fanny schaukelte aufgeregt im Sitz hin und her, als könne sie das Auto auf diese Weise zum Losfahren bewegen. Als nichts geschah, sah sie Sam an.

»Los! Wir müssen los!« Doch Sam saß nur da. Er war bleich im Gesicht und seine Hände klammerten sich um das Lenkrad.

»Ich kann nicht. Das ist doch verrückt! Wer weiß, wo die hinfahren? Was, wenn sie wirklich ins Morgenland fahren? Wo ist das Morgenland überhaupt? Und was machen wir da? Und Frau Kaltenbach …«

»Samuel Kaan.« Fannys ruhige Stimme unterbrach seinen Redeschwall. Sie legte Norbert 2.0 zur Seite und sah ihn an. Sam ließ den Kopf hängen.

»Tut mir leid. Ich weiß, du hättest lieber jemanden, der mutiger ist. Und cooler. Jemanden, mit dem –« Er brach ab, denn in diesem Moment tauchte Ruben aus der Dunkelheit vor ihnen auf. Er lehnte sich durch das offene Fenster der Beifahrerseite und grinste Fanny an.

»Ich bin dann mal weg. Schade, dass unser Date nicht geklappt hat. Aber du hast ja meine Nummer.«

»Äh … ja«, stammelte Fanny. Ruben zwinkerte ihr zu und schlenderte dann lässig davon. Fanny sah ihm baff nach.

»Jemanden, mit dem du Pferde stehlen kannst«, vollendete Sam mutlos seinen Satz. Fanny drehte sich langsam um, sah ihn an, nahm Sams überraschtes Gesicht in ihre Hände und gab ihm einen Kuss.

»Ich will aber niemanden, der Pferde stiehlt.« Sie lächelte und auch auf Sams Gesicht erblühte ein hoffnungsvolles Lächeln.

»Nein?«

Fanny schüttelte den Kopf. »Nein«, sagte sie sanft. «Ich will jemanden, der JETZT VERDAMMT NOCHMAL GAS GIBT!«

Und nur wenige Sekunden später schoss der Jeep mit quietschenden Reifen auf die Landstraße.

Fünfzehn Kilometer vor ihm glitt der dunkle Transporter durch die Sommernacht. Sie fuhren sehr schnell, das merkte Mika an dem Zittern der Außenwand, an der sie mit dem Rücken lehnte. Sie sah Ostwind an, der unbekümmert Heu aus einem Netz rupfte, das an der Wand vor ihm aufgehängt war. Wer immer diese Leute waren, sie hatten auf jeden Fall dafür gesorgt, dass ein Pferd bequem und sicher reisen konnte.

»Kikeriki!«, krähte ihr Handy neben ihr und meldete damit den Eingang einer SMS. »Wir sind bei dir!«, lautete Fannys knappe Nachricht und Mika lächelte. Es war ein beruhigendes Gefühl zu wissen, dass ihre Freunde in der Nähe waren. Sie hatte zwar immer noch keine Angst, aber bis hierher war alles so schnell gegangen, dass sie kaum Zeit gehabt hatte, nachzudenken. Jetzt hatte sie Zeit und Mika fühlte eine leise Beklommenheit in sich aufsteigen.

Sie war auf dem Weg zu Ora, zumindest hoffte sie das – aber sie wusste weder, was sie an ihrem Zielort erwarten würde, noch wo er lag. Sie wusste nicht, wer den Transporter lenkte, in dessen Bauch sie als blinder Passagier mitfuhr und auch nicht, was passieren würde, wenn man sie entdeckte. Mika schüttelte den Kopf und Ostwind, der ihre Bewegung spürte, sah sie an.

»Die haben mich aber nicht entdeckt«, antwortete sie, als hätte der Hengst das in Zweifel gezogen. »Sonst wären sie ja gar nicht losgefahren.« Sie nickte zufrieden über diesen logischen Schluss und kuschelte sich in das weiche Stroh. Alles würde gut werden! Sam und Fanny waren dicht hinter ihr, sie hatte ihr Handy und Ostwind, und solange sie fuhren … Mika hielt inne und richtete sich alarmiert auf. Etwas an diesem Gedanken stimmte nicht. Die Wand hinter ihrem Rücken hatte aufgehört zu vibrieren. Ein kalter Schauer lief über ihren Rücken, als sie begriff, was das bedeutete: Sie fuhren nicht mehr, sie hatten angehalten.

13. Kapitel

Okay, jetzt hatte sie Angst. Mika rutschte über den Boden des Transporters näher zu Ostwind und lauschte in die Stille. Vielleicht standen sie nur an einer Ampel, versuchte sie sich zu beruhigen. Vielleicht mussten auch Pferdediebe irgendwann aufs Klo. Doch dann hörte sie draußen Schritte. Mika schloss die Augen. Bitte nicht! Plötzlich schoss ihr ein Gedanke durch den Kopf, der ihr bis dahin noch gar nicht gekommen war. Wie hatte sie nur so leichtsinnig sein können! Was, wenn man sie von Ostwind trennte? Wenn man sie einfach aus dem Transporter warf und mit dem Hengst davonfuhr? Mit dem leisen Beep-Beep einer Funkfernbedienung wurde von draußen die seitliche Schiebetür entriegelt. Mika stand auf und ballte die Hände zu Fäusten. Die Ader an ihrem Hals pochte wütend. Niemals! Diese fiesen Typen würden sie kennenlernen! Langsam schob die Tür sich auf und ihr ganzer Körper spannte sich an, bereit zu …

»Hallo«, sagte eine höfliche Stimme und Mika starrte entgeistert in das Gesicht einer blonden Frau. Sie trug einen schwarzen Overall und sah Mika weder freundlich noch besonders unfreundlich an.

»Ja, da ist ein Mädchen«, sagte sie sachlich, und erst

jetzt bemerkte Mika das kleine schwarze Kabel des Headsets, das sich aus der Tasche ihres Overalls bis unter ihre langen blonden Haare schlängelte. Die Frau lauschte einen Moment, dann antwortete sie mit einem prüfenden Blick auf Ostwind. »Das Pferd ist ruhig. Sieht alles gut aus.« Dann wanderten ihre Augen weiter zu Mika. »Ja, das ist ein Problem. Was machen wir mit ihr? Gut, ich warte.«

»Ich ...«, setzte Mika an, doch die Frau hob ungeduldig die Hand. Plötzlich erschien ein Ausdruck von Erstaunen auf ihrem Gesicht. Sie drehte sich zu Mika und sah ihr in die Augen. »Ja«, sagte sie langsam und nickte dabei. »Lange rote Haare.« Nach einer weiteren Pause nickte sie. »Sicher? Gut, wie Sie meinen. Machen wir.«

Mika wich einen Schritt zurück. »Was?«

Die Frau hatte das Gespräch beendet und lächelte Mika an! »Einen Augenblick, bitte«, sagte sie und verschwand. Mika stand da wie vom Donner gerührt. Sie hatte mit vielem gerechnet, aber damit nicht. Doch bevor sie sich weiter darüber wundern konnte, war die Frau im schwarzen Overall zurück. Sie reichte Mika eine Flasche Wasser, ein Sandwich und eine Wolldecke.

»Wir haben noch eine längere Fahrt vor uns. Wenn Sie etwas brauchen, klopfen Sie einfach gegen die Wand«, sagte sie und es klang ein bisschen als wäre sie eine Stewardess.

»Äh ... danke«, brachte Mika hervor. Doch als sie hörte, was sie da sagte, fiel es ihr wieder ein. Danke?! Egal, wie höflich diese seltsame Frau war, sie hatte Ora gestohlen! Und, wenn man es genau nahm, auch Ostwind. Mika warf die Sachen, die sie ihr gegeben hatte, ins Stroh und funkelte die Frau wütend an.

»Wer sind Sie? Wohin fahren wir? Was zur Hölle soll das?!«

Doch die blieb ungerührt. »Tut mir leid«, sagte sie knapp, »dazu kann ich leider nichts sagen.« In diesem Moment tauchte hinter ihrem Rücken ein Mann auf. Er war groß, breitschultrig, hatte einen dichten Vollbart und trug denselben schwarzen Overall wie die blonde Frau. Er sah schon eher aus wie Mika sich Oras Entführer vorgestellt hatte. Und er lächelte auch nicht.

»Jetzt muss ich Sie noch um einen kleinen Gefallen bitten«, sagte die Frau freundlich und der bärtige Riese kam langsam auf Mika zu.

»Jetzt rechts abbiegen. Rechts! Anderes rechts!«, brüllte Fanny entnervt und Sam riss zum x-ten Mal in letzter Sekunde das Steuer herum.

Ihr Blick klebte auf Norberts leuchtendem Bildschirm, auf dem sich Mika als kleiner blinkender Punkt immer weiter von ihnen entfernte. Sam hatte, wie Fanny feststellen musste, eine ausgeprägte Rechts-Links-Schwäche und sie waren deshalb in den letzten zwanzig Minuten ihrer Verfolgungsjagd schon fünfmal falsch abgebogen. Aber abgesehen davon lief alles nach Plan.

»Jetzt gib einfach ein bisschen Gas, sonst hängen die uns ab«, sagte sie, als Sam das Auto gewendet hatte und sie sich wieder auf der richtigen Straße befanden.

»Ich fahre Vollgas, Fanny«, knurrte Sam. »Das ist ein

fünfzehn Jahre alter Geländewagen mit einem 800 Kilogramm schweren Pferdehänger dran, ich bin Fahranfänger und es ist stockfinstere Nacht.«

»Ja, mag sein. Und jetzt gib Gas«, sagte Fanny, die gar nicht richtig zugehört hatte, so konzentriert starrte sie auf das Signal von Mikas Handy auf der Landkarte vor sich. »Ich frag mich, wo die hinwollen. Auf jeden Fall nach Nordosten. Ich glaube ja nicht an diesen Morgenland-Quatsch. Ich glaube, Ruben hat sich verhört. Oder das Morgenland ist irgendwas anderes ... Huch! Links!«, rief sie plötzlich – und Sam bog prompt nach rechts ab.

»Rechts«, schrie Fanny in ihrer Verzweiflung und Sam grinste.

»Mach ich doch!«

»Arrgghh!«, machte Fanny. »Dreh um! Dreh um! Wir verlieren sie!«

»Was denn jetzt, rechts oder links?«, wollte Sam beleidigt wissen.

»Umdrehen!« Fannys Finger tanzten fieberhaft über das Display. »Ah! Ich hab sie wieder! Da sind sie!« Doch Sam keuchte nur angestrengt, denn er war gerade mitten in einem komplizierten Wendemanöver.

»Halt! Stopp!« Erschrocken trat er auf die Bremse und Fanny flog dabei nur dank ihres Sicherheitsgurtes nicht durch die Windschutzscheibe. »WAS?«

»Nicht du. Die!« Sie sah Sam mit aufgerissenen Augen an. »Sie haben angehalten. Ich glaube, wir haben sie.«

So lautlos er es mit einem 250 PS starken Dieselmotor vermochte, näherte Sam sich wenig später der Stelle, an der sich der Transporter laut Fannys Karte gerade befand. Er rollte in den Schatten einer Gruppe Fichten, die am Eingang des kleinen Parkplatzes standen und stellte den Motor ab.

»Und?«, flüsterte er.

»Noch da«, flüsterte Fanny zurück und deutete auf Norbert.

»Und was machen wir jetzt?«, flüsterte Sam.

»Vor allem mal aufhören zu flüstern«, sagte Fanny mit normaler Stimme. »Und dann warten wir. Ich schätze, sie haben einfach eine Pause gemacht.«

Sam setzte sich auf und öffnete entschlossen die Tür.

»Was machst du?!«

»Ich gehe mal nachsehen.« Sams Stimme war fest und wie er hoffte mutig.

»Echt?« Fanny war tatsächlich beeindruckt.

»Klar, mal die Lage checken. Die Situation beurteilen. Hinweisen nachgehen«, sagte Sam und lächelte weltmännisch.

»Du musst aufs Klo, oder?«, grinste Fanny und Sams Schultern sanken ein Stück tiefer.

»Ja, das auch. Aber …«

»Schon gut. Geh einfach. Und sei vorsichtig, okay?« Fanny zog ihr Handy hervor und tippte etwas. »Ich schreib Mika, dass wir hier sind. Damit sie beruhigt ist.« Sam nickte kleinlaut und kletterte aus dem Auto.

Mit klopfendem Herzen näherte er sich dem kleinen

Parkplatz und sah sich um. Im spärlichen Licht einer einzelnen Straßenlaterne sah er ein Toilettenhäuschen, einen Picknicktisch und sonst … nichts. Zögerlich kam er näher und spähte angestrengt in alle Richtungen durch die Dunkelheit. Vielleicht hatte er den Pferdetransporter nur noch nicht entdeckt. Er musste hier irgendwo sein, das Signal von Mikas Handy war klar und deutlich gewesen. Sam fühlte sich mit einem Mal gar nicht mehr mutig.

»Mika, wo bist du?«, flüsterte er in die Nacht. Es war eigentlich ein Selbstgespräch und er hatte nicht mit einer Antwort gerechnet. Umso heftiger zuckte er zusammen, als ein vertrautes Geräusch ertönte. Es war nicht Mikas Stimme, aber es war nah dran. »Kikeriki!« Sam erstarrte. Das war doch … »Kikeriki!« Er drehte sich um und sein Blick fiel auf den vollen Mülleimer, der neben dem Picknicktisch stand. »Kikeriki!«, krähte es ein drittes Mal und mit einem Satz war Sam neben der blauen Plastiktonne. Beherzt griff er hinein, verzog das Gesicht, als er in etwas Weiches, Schleimiges fasste – doch gerade als er seine Hand zurückziehen wollte, stießen seine Finger an etwas Hartes, Glattes. Nein, nein, nein! Das konnte nicht sein! Vorsichtig zog er den Gegenstand ans Licht und wusste, was es war, ehe er es sah. Das da in seiner Hand war unverkennbar Mikas Handy.

»Aber …«, versuchte es Fanny noch einmal, doch Sam schüttelte den Kopf. Sie waren die letzten beiden Stunden schweigend im Auto gesessen und am Himmel über der einsamen Landstraße vor ihnen erschienen bereits die ersten blassgoldenen Wolken des Sonnenaufgangs.

»Aber wir ...«, ließ Fanny nicht locker und Sam verlor endgültig die Geduld. Er stieg auf die Bremse und hielt mit quietschenden Reifen mitten auf der Straße an. Dann drehte er sich zu Fanny, die ihn hoffnungsvoll ansah.

»Sehr gut! Du hast angehalten! Heißt das, wir drehen doch um?«

»Nein! Das heißt, dass jetzt Schluss ist! Dieser ganze Plan war von Anfang an bescheuert! Ich hab das alles mitgemacht, weil ich ..., weil ich Mika helfen wollte. Und dich beeindrucken, was das Allerbescheuertste ist«, fügte er etwas leiser hinzu und schlug mit beiden Händen frustriert auf das Lenkrad.

»Na ja, der letzte Teil hat immerhin geklappt«, bemerkte Fanny und versuchte ein Lächeln. Doch Sams Blick wurde nur noch finsterer.

»Toll! Und dafür sind Mika und Ostwind jetzt irgendwo ganz allein mit irgendwelchen gefährlichen Typen auf dem Weg irgendwohin. Und sie kann uns nicht mal anrufen!«

»Ja, ich weiß. Das mit dem Handy ist echt unglücklich«, gab Fanny kleinlaut zu. »Aber was willst du denn jetzt machen?«

Sie sah Sam unsicher an. Es war das erste Mal seit er Fanny kannte, dass sie offensichtlich nicht weiterwusste.

»Ich will zu allererst mal mit Frau Kaltenbach reden«, sagte er entschieden. Doch Fanny stieß nur einen verächtlichen Laut aus.

»Super! Frau Kaltenbach! Die wird sicher jede Menge Verständnis haben und dann die rettende Idee.«

»Ja, meinst du?« Sam sah sie überrascht an. »Ich fürchte, sie wird eher schrecklich wütend und dann …«, er brach ab, denn er hatte es selbst bemerkt. »Ah, Ironie.«

Fanny nickte und konnte sich ein Schmunzeln nicht verkneifen. Doch sie wurde schnell wieder ernst.

»Ja, aber jetzt mal ganz abgesehen davon, dass sie dir ziemlich sicher den Kopf abreißt – willst du ihr das echt antun? Sie wird sich schreckliche Sorgen um Mika machen. Sie wird ihre Eltern anrufen, die sich ebenso schreckliche Sorgen um Mika machen. Und sie hat ein schwaches Herz. Und am Ende von alldem wird sie auch nicht wissen, wo Mika ist!« Fanny war in Fahrt.

»Sie kann die Polizei rufen«, sagte Sam, aber es klang schon nicht mehr ganz so entschlossen.

»Ja, das kann sie auch noch in zwei Tagen! Und bis dahin ist Mika angekommen, wohin auch immer sie unterwegs ist! Und dann findet sie einen Weg, Ora und Ostwind da rauszuholen. Oder uns anzurufen! Oder wir finden raus, wo sie ist!«

Doch Sam sagte nichts. Er zog einfach die Stirn in Falten und ließ den Motor wieder an.

»Und?«, fragte Fanny vorsichtig, nachdem sie eine weitere Viertelstunde schweigend gefahren waren. Es dauerte weitere fünf Minuten, bis Sam schließlich antwortete.

»Nein.«

»Was, nein?«

»Ich werde Frau Kaltenbach nicht mehr anlügen, egal

ob sie mir den Kopf abreißt, oder nicht. Das muss jetzt die Polizei machen.«

Fanny seufzte tief. Sie wusste nicht warum, aber sie war sich sicher, dass es ein Fehler war, jetzt einfach aufzugeben. Aber sie wusste auch, dass sie Sam nicht überzeugen konnte. Und das hatte einen einfachen Grund, den Sam im selben Moment in Worte fasste.

»Ich mache mir auch schreckliche Sorgen um Mika«, sagte er mit leiser Stimme. Und Fanny nickte. Behutsam legte sie ihre Hand auf seine.

»Ich weiß, Sam. Ich auch.«

Doch um Mika musste man sich keine Sorgen machen. Jedenfalls nicht in diesem Moment, denn sie lag zusammengerollt neben Ostwind im weichen Stroh und schlief tief und fest. Nachdem der bärtige Riese ihr das Handy abgenommen und die Schiebetür wortlos hinter sich zugezogen hatte, war sie lange wach gelegen und hatte über ihre Situation nachgedacht. Eigentlich lief alles nach Plan. Sie war immer noch auf dem Weg zu Ora – das war das Wichtigste. Und wie immer, wenn sie in einer schwierigen Lage war, hörte sie Fannys Stimme in ihrem Kopf: Ruhe bewahren. Problem analysieren. Problem lösen. Der erste Punkt bereitete ihr zu ihrer Überraschung die wenigsten Schwierigkeiten: Sie war ruhig. Neben der Sorge um ihr Fohlen und die Wut auf den Dieb, hatte Angst einfach keinen Platz. Außerdem hatten diese merkwürdigen Pferdediebe keinen besonders bedrohlichen Eindruck gemacht. Und sie war ja auch nicht allein: Ostwind war bei ihr. Was die

Punkte zwei und drei betraf – das musste ohnehin warten, bis sie angekommen waren. Und dann würde sie mit Sam und Fanny darüber reden. Dass man ihr das Handy weggenommen hatte, war unglücklich, aber Mika zweifelte keine Sekunde daran, dass das ihre Freunde aufhalten konnte. Sie würden dem Transporter einfach folgen. Wahrscheinlich waren sie in diesem Moment dicht hinter ihnen und stritten über Sams chaotische Fahrweise oder Fannys schlechten Musikgeschmack. Und mit diesem beruhigenden Gedanken schlief Mika schließlich ein.

14. Kapitel

Gestüt Kaltenbach lag friedlich in der Morgensonne als der alte Jeep ächzend auf den großen Kiesparkplatz einbog. Neben Maria Kaltenbachs altem Mercedes war nur ein einziges anderes Fahrzeug hier geparkt, das Sam misstrauisch beäugte.

»Wer ist das denn?«, murmelte er und reckte seine steifen Glieder.

Fanny musterte die riesige schwarze Limousine für einen Moment und zuckte dann die Schultern. »Hm, ein Maserati Quattroporte GTS. Jemand mit sehr viel Geld und sehr wenig Geschmack, würde ich sagen.«

»Also, wenn Frau Kaltenbach Besuch hat, dann hat sie vielleicht jetzt gar keine Zeit. Dann ist es vielleicht besser, ich warte noch bis sie …«, sagte Sam schnell und wollte in Richtung der Stallungen davoneilen. Doch er wurde von Fanny gebremst, die ihn an der Kapuze seiner Jacke festhielt.

»Nix da! Du wolltest das unbedingt! Und wenn Frau K., nachdem sie dich gevierteilt hat, die Polizei rufen will, dann haben wir keine Zeit zu verlieren!« Sam sah sie unglücklich an.

»Meinst du wirklich, sie wird mich … vierteilen?«

»Na ja, ihr Superfohlen, ihr Superhengst und ihre Lieblingsenkelin sind verschwunden und möglichweise in Gefahr, und du hast es ihr weder gesagt noch verhindert. Ich denke, sie wird das alles in allem gut aufnehmen.«

Sam schüttelte den Kopf und richtete sich entschlossen auf.

»Ja, das wird sie! Frau Kaltenbach und ich … wir sind so!«, sagte er würdevoll und legte zwei Finger über Kreuz. »Und jetzt komm endlich, wir haben keine Zeit zu verlieren!«, fügte er hinzu, als habe Fanny ihn aufgehalten.

»Ha! Samuel Kaan! Wenn mir der unter die Augen kommt!« Marias wutbebende Stimme war das Erste, was Sam hörte, als er um die Ecke zur großen Terrasse bog. Er zögerte nur den Bruchteil einer Sekunde und sprang dann mit einem Satz in den prächtigen blühenden Rosenbusch, der Marias ganzer Stolz war und der die alte Holzterrasse malerisch einrahmte. Fanny, die kurz darauf um die Ecke kam, quiekte erschrocken auf, als eine Hand sie plötzlich packte und in das dornige Gestrüpp zog.

»Hmpf …«, versuchte sie zu protestieren, doch Sam hielt ihr den Mund zu und fuchtelte mit der anderen Hand so wild vor ihrem Gesicht herum, dass es Rosenblätter schneite.

»Samuel Kaan?«, fragte eine männliche Stimme und Fanny erstarrte ebenfalls. Sie sah Sam an, der langsam die Hand von ihrem Mund nahm.

»Ist das …?«, formten ihre Lippen tonlos und Sam nickte heftig.

»Hanns de Burgh«, erwiderte er mit einem kaum hörbaren Flüstern.

»Mein Stalljunge«, erklärte Maria wenige Meter über ihnen. »Ich hatte ihn explizit gefragt, wo Mika ist und er hat mich angelogen. Das wird ernste Konsequenzen haben diesmal! Aber entschuldige«, fuhr sie dann etwas milder fort, »ich habe dich unterbrochen. Mika ist also bei dir aufgetaucht? Ich hatte mir so etwas schon gedacht. Es tut mir sehr leid, wenn sie dir Unannehmlichkeiten bereitet hat. Sie ist ein Hitzkopf.«

»Das ist sie allerdings. Scheint in der Familie zu liegen«, sagte Hanns und lächelte ein blendend weißes Lächeln, das Maria jedoch nicht erwiderte.

»Wie auch immer«, sagte sie kühl. »Ich entschuldige mich für ihr Verhalten. Trotz all unserer Differenzen weiß ich natürlich, dass du nichts mit dem Diebstahl unseres Fohlens zu tun hast.«

Im Rosenbusch unter ihnen sahen Sam und Fanny sich mit großen Augen an, als Hanns sich räusperte.

»Also ... ich ...«, begann der Holländer kläglich und seine sonst so selbstsichere Stimme wurde dünn und heiser.

»Hanns?«

»Äh ja! Also, du erinnerst dich vielleicht, dass du mein Angebot etwas ... überzogen fandest?«

»300 000 Euro für ein Fohlen? Allerdings!« Maria sah ihren alten Schüler mit einer Mischung aus Besorgnis und Misstrauen an.

»Verrückt. Ich denke, das waren deine Worte. Und ich fürchte, ich muss dir in diesem Punkt recht geben.«

»Und?« Maria wurde ungeduldig. »Was soll das heißen? Du bist kaum den ganzen Weg hierher gekommen, um mir mitzuteilen, dass du verrückt geworden bist!«

»Nein, ich nicht«, druckste Hanns herum.

»Wer dann?!«, zischte Fanny im Busch, die noch weniger Geduld hatte als Maria.

»Wer dann?«, fragte Maria im selben Moment und sah sich irritiert um. Seit wann gab es hier ein Echo?

»Morgen«, brachte Hanns schließlich hervor, als koste es ihn große Kraft, dieses Wort auszusprechen.

»A-ha.« Marias Stimme war ganz sanft geworden, denn sie war offenbar zu dem Schluss gekommen, dass Hanns tatsächlich den Verstand verloren hatte. Sie stand auf.

»Natürlich, wir reden einfach morgen darüber. Oder wann immer du möchtest. Ruf mich einfach an. Jederzeit.«

»Morgen. Das ist ein Name. Der Mann, der mich beauftragt hat, dein Fohlen für ihn zu kaufen. Christian Morgen. Derselbe Mann, in dessen Auftrag ich auch schon Ostwind kaufen sollte.«

»Was? Ostwind?«

Maria Kaltenbach setzte sich wieder auf ihren Stuhl auf der Terrasse. Im Rosenbusch biss Fanny Sam in den Arm, um nicht wieder laut herauszuplatzen.

»Ja, er wollte den Hengst unbedingt. Ich hätte dir sicher keine 600 000 für ein Pferd geboten, das offensichtlich nicht zu handeln ist!« Hanns schnaubte verächtlich. »Jedenfalls war er damals sehr ungehalten, dass der Kauf nicht zustande kam. Er hat Andeutungen gemacht …«

»Was für Andeutungen? Und was hat das mit Ora zu

tun? Hanns bitte, komm auf den Punkt!« Maria war wieder aufgestanden, diesmal vor Ungeduld.

»Morgen wollte Ora. Er hat mich kurz nach der Präsentation angerufen. Und hat wieder 600 000 geboten. Für ein Fohlen!«

»Und davon hättest du die Hälfte in die eigene Tasche gesteckt?«, bemerkte Frau Kaltenbach eisig. Hanns schwieg einen Moment.

»Was auch immer du über mich denkst, ich bin hier, weil ich mich dir verpflichtet fühle. Ich bin kein Pferdedieb. Ich decke keine Pferdediebe. Und ich denke, dass Morgen dein Fohlen stehlen hat lassen. Nein, ich bin mir sicher.«

Im Dornbusch boxte Fanny Sam in die Seite. »Morgenland!« Sie formte das Wort lautlos mit den Lippen und Sam nickte atemlos.

»Und das ist nur eine Vermutung?«, fragte Maria Kaltenbach nach einer ganzen Weile, die sie wohl gebraucht hatte, um diese Information zu verdauen. »Du hast dafür keine Beweise?« Sie sah ihn erwartungsvoll an, aber Hanns schüttelte den Kopf.

»Nein, leider. Ich weiß nicht einmal, wo der Mann lebt. Aber ich wollte, dass du es weißt. Du und … deine Enkelin.« Er stand nun auch auf.

»Ich werde es Mika nicht sagen. Es ändert nichts«, sagte Maria Kaltenbach. Hanns sah überrascht auf.

»Ich werde es natürlich an die Polizei weitergeben, aber meine Erfahrungen der letzten Tage machen mir wenig Hoffnung, dass sie viel unternehmen werden.« Sie lächelte schmal. »Aber danke, dass du gekommen bist. Zumindest das bedeutet mir etwas.« Hanns stand unschlüssig vor ihr.

»Es tut mir sehr leid, Maria«

»Schon gut. Das Leben geht weiter. Komm, ich bringe dich zu deinem Wagen.«

Entsetzt sahen Sam und Fanny sich an, als das Klack-Klack von Marias Gehstock auf den Stufen der Terrasse ertönte. Durch das dichte Grün sahen sie die alte Dame und neben ihr den hochgewachsenen Holländer auf sich zukommen. Sam machte einen Schritt zurück und biss die Zähne zusammen, als sich eine besonders fette Dornenranke tief in sein Gesäß bohrte. Fanny duckte sich, doch auch am Boden war es nicht gemütlicher.

»Deine Rosen sehen aber gar nicht gut aus«, bemerkte Hanns im Vorbeigehen. »Vielleicht solltest du deinen Stallburschen bitten, ihnen ein paar Pferdeäpfel zu spendieren?«

»Hm«, machte Maria und blickte grimmig auf den zerfledderten Busch. »Mal sehen, ob ich noch einen Stallburschen habe, wenn ich mit ihm fertig bin!«

»Sie will mich entlassen! Du hast es doch auch gehört, oder? Sie will mich entlassen!« Sam lief aufgeregt auf dem Heuboden auf und ab. Doch Fanny, die vor ihm bäuchlings auf einem Heuballen lag, brummte nur: »Nein, nein.« Sie war froh, endlich einen Ort gefunden zu haben, an dem Sam sich sicher fühlte und sie Norbert mit dem Namen füttern konnte, den Hanns de Burgh Maria genannt hatte.

»Meinst du, sie findet uns hier?«, fragte Sam und spähte bang aus der großen Luke, von der aus man den ganzen weitläufigen Hof des Gestüts überblicken konnte.

Fanny sah auf. »Vielleicht. Aber erst, nachdem sie die Waschküche, die Futterkammer und den alten Hühnerstall durchsucht hat. Und ich schätze dann dauert es noch, bis sie mit ihrem Stock und der kaputten Hüfte die Leiter hochgeklettert ist.« Sam hatte sie in einer wilden Flucht über den ganzen Hof in immer neue Verstecke gezerrt und sie war nicht bereit, den Ort noch einmal zu wechseln.

Sam fuhr herum und sah sie mit entschlossenem Blick an. »Wir müssen Mika finden!«

»Ach, auf einmal«, bemerkte Fanny trocken und ohne aufzusehen.

»Hey! Das ist unfair«, sagte Sam leise und es klang verletzt. Er kam zu Fanny und ließ sich schwer auf den Heuballen neben ihr plumpsen. »Ich will Mika und Ora und Ostwind genauso finden wie du. Ich dachte nur, Frau Kaltenbach ...« Er sprach nicht weiter. Erst als Fanny von ihrem Tablet aufsah, fuhr er fort. »Wenn Mika was passiert, dann macht sie mich verantwortlich, verstehst du? Ich kann sie nicht enttäuschen.«

»Wen jetzt? Frau K. oder Mika?«

»Beide nicht«, sagte Sam ernst. Dann holte er tief Luft und sah Fanny fest an. »Also! Was sagt Norbert 2.0 zu diesem Christian Morgen? Haarfarbe? Schuhgröße? Adresse?« Er lächelte sogar ein bisschen. Und Fanny hätte ihm alle diese Fragen nur zu gerne beantwortet, aber ...

»Es ist total verrückt! Ich meine, ich kenne den Typ. Jeder kennt den Typ. Nur das Internet kennt ihn offenbar nicht«, sagte sie und schüttelte den Kopf.

»Hä? Du KENNST den Typ?« Sam glotzte Fanny an, wie so oft, wenn sie etwas für ganz selbstverständlich hielt, von dem der Rest der Welt noch nie gehört hatte.

»Na ja, nicht persönlich. Ich kenne den Namen. Jeder kennt den Namen.«

»FANNY!«

»Okay, schon gut. Vielleicht nicht jeder. Aber zumindest Norbert 2.0 müsste ..., ich verstehe das einfach nicht!« Ihre Finger huschten unruhig über das Tablet.

Sam stützte das Kinn in die Hände und sah Fanny an. Manchmal half nur Geduld. »Wieso müsste Norbert etwas über Christian Morgen wissen, Fanny?«

Sie hob den Kopf und blickte Sam besorgt an. »Na ja, zum Beispiel, weil Christian Morgen ihn erfunden hat.«

»Ach?«, machte Sam, den nichts mehr erschüttern konnte. Fanny seufzte. »Christian Morgen ist ein Physiker, der einen Halbleiter konstruiert hat, der in dem Naissar-Prozessor verbaut ist, der wiederum ...«

»In Norbert 2.0 steckt?« Sam hatte zumindest diesen Teil begriffen. »Genau. Und er ist superreich damit geworden, und eigentlich müsste das Internet voll sein von Informationen über ihn, aber da ist nichts. Gar nichts!« Fanny konnte es immer noch nicht fassen.

»Und dieser Typ hat Ora und Ostwind gestohlen? Warum?«

»Keine Ahnung«, sagte Fanny und dann tat sie etwas, das sie noch nie getan hatte, seit Sam sie kannte: Sie legte freiwillig ihr Tablet zur Seite. Er konnte es nicht fassen. »Und jetzt? Wie kriegen wir jetzt raus, welche Schuhgröße Christian Morgen hat?«

»Da müssen wir wohl seine Mutter anrufen«, sagte Fanny lahm, die offensichtlich nicht zu Scherzen aufgelegt war.

»Oder Mikas Mutter. Die ist immerhin Physikerin«, kicherte Sam.

Fanny sah plötzlich auf. »Ja! Genau! Das ist es!«

»Mikas Mutter kennt die Schuhgröße von Christian Morgen?«, fragte Sam baff, doch Fanny hatte bereits ihr Handy hervorgezogen und wählte eine Nummer. Sie drückte auf das Lautsprechersymbol und legte das Telefon zwischen sie und Sam auf den Heuballen. Es klingelte.

»Schwarz«, meldete sich wenige Augenblicke später eine Stimme zerstreut und Fanny zwinkerte Sam zu.

»Hallo Frau Schwarz, hier ist Fanny«, flötete sie ins Mikrophon.

»Fanny! Na, wie geht's euch Mädels da beim Wellness-Trip? Ich finde das war eine richtig gute Idee von dir! Mika braucht jetzt wirklich Erholung, nach all der Aufregung.«

»Ja gut, dass die Aufregung jetzt vorbei ist …«, sagte Fanny unbestimmt und fügte dann hastig hinzu, bevor Mikas Mutter noch weitere Fragen einfielen: »Aber warum ich anrufe. Ich … äh … bereite gerade ein Referat vor. In Physik. Über Halbleiter und …«

»Ah! Ein hochinteressantes Thema! Worum geht es dir genau? Direkte oder indirekte Halbleiter? Störstellenhalbleiter? Eigenhalbleiter?«

»Äh … also, es geht mehr um … die Menschen hinter den Halbleitern. Kennen Sie zum Beispiel Christian Morgen?«, platzte sie heraus und hielt gespannt den Atem an.

»Morgen? Natürlich. Der Naissar-Prozessor. Bahnbrechend. Aber ich fürchte, das wird ein eher kurzes Referat.«

»Wieso das?«, fragte Fanny unschuldig. »Mist!«, formten ihre Lippen in Sams Richtung.

»Weil Christian Morgen ein sehr privater Mensch ist. Er hat diesen Halbleiter konstruiert, aber danach ist er komplett von der Bildfläche verschwunden. Es gibt Gerüchte, aber mehr nicht.«

»Und was für Gerüchte?«

Elisabeths Stimme wurde streng. »Fanny. In einem Referat zählen Fakten, keine vagen Vermutungen!«

»Bitte, Frau Schwarz!« Fannys Stimme klang so verzweifelt, dass Elisabeth weich wurde.

»Na schön, es ist nicht viel, aber angeblich waren bei ihm ein paar Lötstellen kalt …«

»Was?« Sam hatte ganz vergessen, dass er offiziell gar nicht da war. Erschrocken hielt er sich die Hand vor den Mund, aber Elisabeth hatte nichts bemerkt.

»Er hatte nicht mehr alle Sicherungen im Kasten«, erklärte sie. »Er war immer schon etwas … merkwürdig. Und irgendwann ist er einfach verschwunden. Irgendwer hat behauptet, er hätte sich eine Insel gekauft und würde dort eine Art Paradies für irgendwelche Tiere …, aber das ist sicher Quatsch! Das schreibst du auf gar keinen Fall in deinem Referat, hörst du?«

»Insel? Was für eine Insel? Wo?« Fanny musste sich zusammenreißen, um nicht in das Handy zu brüllen.

»Nein, Fanny, wirklich. Genug. Gibst du mir jetzt bitte Mika? Ich versuche schon seit gestern, sie zu erreichen, aber ihr Mädchen scheint ja den ganzen Tag im Whirlpool zu hängen.«

»Mika? Ja, Mika liebt den Whirlpool. Ich krieg sie da gar nicht mehr raus, sie hat schon Schwimmhäute zwischen den Zehen. Aber ich grüße sie! Und vielen Dank!«, plapperte Fanny und tippte hastig mit dem Zeigefinger auf ihr Handy, um das Gespräch zu beenden.

»Ruhe bewahren. Problem analysieren. Problem lösen«, murmelte Fanny und ließ ihr Tablet mit einem tiefen Seufzer auf ihren Bauch sinken. Um Punkt eins zumindest musste sie sich keine Sorgen machen, daran arbeitete Sam. Er lag ausgestreckt und mit offenem Mund auf dem Heuballen neben ihr und schnarchte leise. Punkt zwei war nach dem Gespräch mit Mikas Mutter auch geklärt. Nur Punkt drei gestaltete sich schwierig. So sehr Fanny sich auch in der letzten Stunde bemüht hatte, im Internet etwas über Christian Morgens Aufenthaltsort zu finden, es war ihr nicht gelungen. Norbert hatte sie zum ersten Mal in ihrer langen glücklichen Beziehung im Stich gelassen. Fanny fühlte sich plötzlich sehr müde. Vielleicht war es wirklich an der Zeit, aufzugeben? Versuchsweise schloss sie die Augen. Und öffnete sie im selben Moment wieder.

»Nix da! Punkt vier: nicht aufgeben!«, sagte sie laut. Sie

setzte sich auf, zog Norbert zu sich heran und ließ ihre Fingergelenke knacken. Ein letzter Versuch.

»Insel+Morgen+Christian«, tippte sie in die Zeile der Suchmaschine. 1.3 Millionen Ergebnisse.

»Morgenland+Insel.« 0 Ergebnisse.

»Argh!« Frustriert rupfte Fanny ein paar Heuhalme aus dem Ballen.

»Naissar-Prozessor+Insel+Christian+Morgen«, tippte sie. »Nee, hatte ich schon.« Sie war gerade im Begriff, alles wieder zu löschen, als sich Sam mit einem lauten Schrei neben ihr aufsetzte. »AHHH! Rentier von links!«

Fannys Finger rutschten vor Schreck über den Bildschirm des Tablets. Sie starrte Sam an, doch der war einfach wieder umgefallen und schnarchte ruhig weiter, als sei nichts geschehen. Sie schüttelte den Kopf und wandte sich wieder Norbert zu. Und blinzelte verwirrt. Das Display des kleinen Geräts leuchtete in Blau. Fanny zog es näher heran. Sie hatte ihre letzte Suchanfrage halb gelöscht und Norbert zeigte ihr das Ergebnis für »Naissar-Prozessor+Insel«. Und da sah sie inmitten des Blaus einen kleinen grünen Fleck. Mit zitternden Finger vergrößerte sie den Bildausschnitt der Landkarte. Fannys Herz beschleunigte sich, als sie las, was unter dem grünen Tupfer stand: »Naissar. Insel in Privatbesitz.«

15. Kapitel

Auf Mikas entspanntem Gesicht erschien ein leises Lächeln. Die Vögel zwitscherten, sie spürte den leisen Luftzug des Windes auf ihrem Gesicht und warme Sonnenstrahlen kitzelten ihre Augenlider. Sie liebte es einfach, unter freiem Himmel aufzuwachen. Moment. Etwas an diesem Gedanken stimmte nicht. Sie war nicht unter freiem Himmel, sie war im Inneren eines Pferdetransporters! Mika riss die Augen auf und setzte sich auf. Sie brauchte einen Moment, um sich zu orientieren. Ja, sie war noch immer in dem Transporter, aber die Rampe an der Rückseite war ausgeklappt und durch die große Öffnung strömte helles Sonnenlicht in die leere Pferdebox.

»Ostwind!« Mit einem Satz war Mika aufgesprungen und zur Rampe gelaufen, wo sie überrascht innehielt. Vielleicht träumte sie mal wieder? Denn was sie nun sah, machte überhaupt keinen Sinn: Der Transporter stand mit offener Rampe mitten in einer blühenden wilden Wiese, aus der Ostwind gerade kauend den Kopf hob und sie ansah.

»Was? … Wo? … Wie?«, stotterte Mika und drehte sich in alle Richtungen. Sie waren offenbar am Ziel angekommen, aber wo waren die beiden Fahrer? Wo war die Festung des mysteriösen Pferdediebs? Mika trat vorsichtig auf die Rampe. Sie träumte mal wieder – eine andere logische Erklärung gab es nicht. Etwas knuffte sie in die Seite und sie fuhr herum. Ostwind stand neben ihr und stieß ein leises fragendes Wiehern aus.

»Okay, kein Traum«, stellte sie ruhig fest. Sie strich dem Hengst nachdenklich über die Stirn. »Und falls das deine Frage war: Ich habe keine Ahnung, wo wir hier sind und was das soll.«

Ostwind schnaubte und schüttelte den Kopf. Mika grinste. »Aber schön ist es.« Sie sprang von der Rampe ins hohe Gras. Es war eine besondere Landschaft, ganz anders als die satten grünen Wiesen um Kaltenbach. Hier rankten sich wilde Brombeeren um zerklüftete Felsbrocken, es gab nur wenige knorrige Kiefern und viele blühende Ginsterbüsche. In der Luft lag ein frischer würziger Duft, der Mika leise an etwas erinnerte. Sie atmete tief ein und überlegte, was sie als Nächstes tun sollte. Punkt zwei von Fannys Liste fiel ihr ein: Problem analysieren. Mika nickte. Zu allererst musste sie herausbekommen, wo sie waren.

»Pferde haben doch angeblich so einen super Orientierungssinn«, flüsterte sie dem schwarzen Hengst in ein zuckendes Ohr und schwang sich aus dem Stand auf seinen Rücken. »Dann mal los!« Ostwind hob den Kopf in den Wind, tänzelte kurz und galoppierte los.

»Route berechnet«, näselte die monotone Computerstimme. »Sie erreichen ihr Ziel in sechs Stunden und vier Minuten.« Sam lehnte sich zurück in den abgewetzten Ledersitz und sah Fanny, die im Schneidersitz auf dem Beifahrersitz saß, vielsagend an. »Okay, und du bist ganz sicher?«

Fanny zog eine Augenbraue hoch. »Nein, ich bin überhaupt nicht sicher! Ich hab keine Ahnung, ob Mika wirklich auf dieser Insel ist! Ich hab keine Ahnung, ob Hanns de Burgh die Wahrheit gesagt hat und dieser Christian Morgen tatsächlich irgendwas mit Oras Verschwinden zu tun hat. Und am allerwenigsten kann ich mir vorstellen, warum!«

»Äh, das war eher ne rhetorische Frage«, sagte Sam.

»Ach so, also dann bin ich mir sicher, dass es unsere beste Chance ist, sie zu finden.«

In diesem Moment klopfte es gegen die Scheibe des Jeeps. Sam zuckte zusammen und tauchte mit einem kleinen spitzen Schrei in den Fußraum ab.

Doch Fanny grinste nur. »Entspann dich, Stallbursche.« Die Fahrertür wurde geöffnet und Tinka blickte Sam mit einem Ausdruck milder Verwunderung an.

»Hast du da was verloren?«, fragte sie und hievte gleichzeitig ein riesiges orangefarbenes Bündel auf den Rücksitz.

»Ja, seine Würde«, kicherte Fanny und erklärte dann: »Er dachte, du seist Frau Kaltenbach.«

Tinka grinste ebenso. »Keine Sorge, Frau Kaltenbach denkt, ihr seid nach der Hengstschau jetzt zu dritt im Wellness-Urlaub.«

»Und das hat sie geglaubt? Nie im Leben!« Sam war so würdevoll wie möglich zurück auf den Sitz geklettert und sah Tinka ungläubig an. Die wandte sich an Fanny und ihr Grinsen wurde breiter.

»Doch! Es war nicht einfach, sie war echt voll misstrauisch am Anfang, aber ich hab es genauso gemacht, wie du gesagt hast.«

Fanny nickte zufrieden. »Details. Das ist das Geheimnis jeder guten Lügengeschichte.«

Tinka nickte begeistert. »Ja! Als ich ihr von der thailändischen Schlangenmassage erzählt habe, dachte ich kurz es sei zu viel – aber dann hat sie nur gesagt, dass Sam sich auf viel mehr als nur Schlangen gefasst machen muss, wenn er wieder da ist! Es war total cool!«

»Ja, total cool. Danke, Tinka«, sagte Sam tonlos.

»Gerne!«, strahlte das Mädchen ihn an. Doch dann wurde ihr Lächeln kleiner und fast traurig. »Ich vermisse Ora schrecklich. Und es wäre echt endsschön, wenn ihr sie findet.« Sam und Fanny sahen sich einen Moment lang an. Dann nickte Sam und lächelte Tinka zu.

»Wir finden sie. Ganz sicher.«

»Cool!«, sagte Tinka und strahlte wieder wie zuvor. »Dann viel Glück!« Und damit schloss sie die Autotür und mit einem letzten tiefen Seufzer startete Sam den Motor.

Mikas Arme waren eng um Ostwinds Hals geschlungen und mit sicherem Schritt kletterte der Hengst den schmalen steilen Pfad bergauf durch die felsige Wildnis. Sie hatte den Weg ihm überlassen und einmal mehr war sie fasziniert davon, wie zielstrebig Ostwind wusste, wo er hinmusste. Sie wollten sich jetzt einen Überblick verschaffen und das ging am besten von oben. In einiger Entfernung sah Mika das Plateau am Gipfel der Anhöhe, die sie seit gut zwanzig Minuten hinaufkletterten. Von dort aus würde sie sehen, wo die nächste Straße war. Oder der nächste Ort. Sie brauchte jetzt vor allem schnell ein Telefon, um Fanny und Sam anzurufen, die sicher ganz in der Nähe waren. Und dann brauchten sie einen neuen Plan! Die Fahrer des Transporters hatten wohl kalte Füße bekommen und Mika und Ostwind irgendwo ausgesetzt, noch bevor sie ihr Ziel erreicht hatten. Zu dieser traurigen Erkenntnis war Mika im Laufe der letzten Stunde gekommen und für einen Moment war sie niedergeschlagen gewesen. Jetzt war sie so weit gekommen – und immer noch kein Stück näher an Ora! Doch irgendetwas sagte ihr, dass das Fohlen nicht weit entfernt war. Mika konnte es nicht erklären, aber sie konnte es spüren – wie eine leise pulsierende Welle in der Luft.

»Das wird Fanny lieben. Fohlen-Radar!«, murmelte sie und musste bei dem Gedanken grinsen. Doch auch wenn ihre immer skeptische Freundin sich darüber lustig machen würde, Mika war sich sicher, dass Ostwind es auch spürte. Äußerlich schien er ruhig, aber sein ganzer Körper war angespannt wie eine Bogensehne vor dem Schuss. Der Gipfel lag noch wenige Meter entfernt und Ostwind beschleunigte seinen Schritt. Hier oben gab es keine Bäume mehr und der Wind frischte auf. Sie hörte sein gleichmäßiges Rauschen und wieder stieg Mika der Geruch in die Nase, den sie nicht zuordnen konnte. Und plötzlich wusste sie, was es war: Es war nicht der Wind, der in den Bäumen rauschte, es war …

»Das ist das Meer«, sagte sie laut, als sie im selben Moment das Plateau erreichten. Ostwind drehte sich ein und nun sah sie es auch: Da, ein paar hundert Meter unter ihnen schlugen sanfte Wellen an einen langen weißen Sandstrand.

»Wow«, entfuhr es ihr. »Wir sind irgendwo an der Küste!«

Mika blickte den Strand in beide Richtungen entlang, doch sie konnte nirgends eine Straße oder die Dächer einer Ortschaft erkennen. Ihr Unterschenkel legte sich sanft an Ostwinds Bauch und der Hengst drehte sich weiter. Der Berg, den sie erklommen hatten, bot ihnen einen guten Rundumblick, doch als sie sich umdrehten, änderte sich nur wenig. Ginsterbüsche, Seekiefern, grüne Wiesen, weißer Strand und dann: Blau. Es dauerte einen Augenblick bis Mika verstand, was sie sah. Oder nicht sah. In weiter Entfernung lagen ein paar Häuser im Dunst, aber da war keine Straße, die sie dahin führen konnte. Denn dazwischen war Wasser. Überall Wasser. Mikas Herz sank, als ihr mit einem Schlag klar wurde, wo sie war. Sie war nicht freigelassen worden, wie sie gedacht hatte, im Gegenteil, sie war gefangen auf einer Insel.

Die Sonne stand schon tief über der spiegelnden Meeresoberfläche und Mika saß noch immer auf ihrem Aussichtspunkt. Sie war noch ein Stück höher auf die Spitze eines großen Felsens geklettert, hatte ein paar Seeschwalben aufgescheucht und ohne Zweifel festgestellt, dass sie tatsächlich auf einer Insel war. Sie war nicht sehr groß, sodass man mühelos von einem Ende zum anderen sehen konnte und, wie Mika schätzte, etwa einen halben Kilometer vom Festland entfernt. In ihrem Kopf fuhren die Gedanken Achterbahn. Irgendwer hatte sie und Ostwind hierher bringen lassen. Und dieser Jemand war sich sicher gewesen, dass sie nicht weit kommen würde. Mika spürte, wie ein vertrautes Gefühl in ihr hochkochte. Ihre Fingerspitzen begannen zu kribbeln und ihre Finger ballten sich zu Fäusten. Sie ließ sich nicht einsperren, von niemandem! Sie blickte übers Meer, wo die Küste des Festlands im nebligen Dunst lag. Notfalls würden sie schwimmen! Ostwind liebte Wasser und Mika war sich sicher, dass er die Strecke mühelos überwinden konnte. Entschlossen stand sie auf und sah hinunter zum Strand. Wenn sie von dort aus starteten, dann … Sie hielt inne, denn ihr Blick hatte etwas gestreift, das sie zuvor nicht bemerkt hatte. Etwas großes Dunkles ragte ein paar Meter vom Strand entfernt aus der Brandung. Im ersten Moment hatte sie es für einen Felsen gehalten, doch das war es nicht. Ihr Atem stockte. Es war … ein Pferd! Reglos stand es da, während die weiße Gischt seine Hufe umspülte. Mit einem gewaltigen Satz sprang sie von ihrem Felsen und rannte so schnell sie konnte zu Ostwind.

Ein paar Möwen balgten sich kreischend um eine halbe Fischsemmel, als sie plötzlich erschrocken aufflogen. Ein schwerer Reifen war mit einem satten Pflatsch über ihre Beute gerollt und ächzend zum Stehen gekommen. Dann öffnete sich eine Tür und ein Paar Lederarbeitsschuhe setzten auf den rissigen Asphalt des kleinen Piers. Sam rieb sich erschöpft die Augen.

»Sicher, dass wir hier richtig sind?«, fragte er und drehte sich zu Fanny, die ebenfalls ausgestiegen war und sich aufmerksam umsah. Der Hafen, in dem sie standen, verdiente diesen Namen kaum. Er bestand aus einem alten morschen Steg, der mit einer rostigen Eisenkette abgesperrt war, einer verrammelten Holzbude und dem verlassenen Parkplatz, auf dem der grüne Geländewagen mit dem großen Pferdeanhänger parkte. Vor allem aber fehlten zwei Dinge, die einen Hafen für gewöhnlich ausmachten: Boote und Menschen.

Fanny warf einen kurzen Blick auf Norbert 2.0, um sicherzugehen, dann nickte sie. »Jep, das ist es.« Sie schirmte ihre Augen mit den Händen ab und sah über das Meer, das schmutzig-grau gegen die niedrige Steinmauer schwappte.

»Da!«, sagte sie plötzlich aufgeregt und Sam folgte ihrem Blick. In der Ferne erhob sich schemenhaft eine grüne Silhouette aus dem Dunst.

»Das ist Naissar! Da müssen wir hin!«

»Hm«, bemerkte Sam trocken. »Sieht aber nicht aus, als wären wir so richtig willkommen.« Er deutete auf ein großes Metallschild, das neben dem Steg im Wasser stand und vom Salz schon so angegriffen war, dass es kaum noch lesbar war. Aber die vielen roten Blitze und Totenköpfe machten das auch überflüssig.

»Privatbesitz. Jeder Versuch, den Hausfrieden zu stören, wird polizeilich geahndet«, entzifferte Fanny und schüttelte dann unbeeindruckt den Kopf.

»Tja, Hausfrieden hat man halt nicht, wenn man Pferde stiehlt, du Penner!«, fügte sie verächtlich hinzu.

»Willst du wirklich da rüber?« Sam sah sie unsicher an. »Ich meine, was wenn Mika gar nicht da ist?«

Fanny legte den Kopf schief und Sam hob die Hände. »Schon gut, ich hör schon auf.«

Für einen Moment sah er schweigend über das Wasser zu der Insel, auf der, wenn Fanny recht hatte, seine beste Freundin in diesem Augenblick gefangen gehalten wurde. Und mit ihr ihre beiden Pferde. Sam schüttelte den Kopf. Warum brachte Mika sich nur immer in solche absurden Schwierigkeiten? Warum konnte er jetzt nicht einfach in Kaltenbach in der Hängematte seines Großvaters schaukeln, Ora hinter den Ohren kraulen und den Sommer genießen? Weil Ora nicht da war, gab er sich die Antwort selbst. Und dafür konnte niemand etwas, außer Christian Morgen!

»Okay!«, sagte er und sah sich wild entschlossen um. »Zeigen wir's ihm!« Doch dann hielt er inne. »Äh … eine kleine Frage hätte ich noch.« Fanny sah auf.

»Ja?«

»Na ja, da ist sehr viel Wasser zwischen uns und der Insel. Und ich sehe hier nirgendwo ein Boot.«

Fanny nickte. »Jep, ob du es glaubst oder nicht, daran hatte ich auch schon gedacht.« Sie ging zurück zum Jeep und zerrte das orangefarbene Bündel heraus, das Tinka eingeladen hatte.

»Gut, dass ich an alles gedacht habe«, sagte sie mit einem triumphierenden Grinsen, als sie es auf den Boden zwischen ihnen fallen ließ. Sam starrte erst das Bündel an und dann Fanny.

»Das ist hoffentlich nicht, was ich denke, dass es ist«, sagte er langsam, doch Fanny hatte bereits begonnen, die Schnur zu lösen, mit der das orangefarbene Ding verschnürt war.

»Tinka hat gesagt, es hat auf dem Baggersee immer prima funktioniert«, sagte sie unbekümmert. »Ich hatte es auch nur für den Notfall vorgesehen, falls es nichts anderes gibt.«

»Aber das … ist ein Schlauchboot«, stammelte Sam. Fanny hatte das Bündel entfaltet und sah zufrieden auf das kleine Gummiboot, das mit fröhlichen gelben Enten bedruckt war. Ohne Sam zu beachten, begann sie, das erste Paddel zusammenzuschrauben.

»Fanny! Das ist ein Schlauchboot!«, wiederholte Sam hinter ihr und Fanny hielt inne. Sie holte tief Luft und dann drehte sie sich um.

»Ja, Samuel, das ist ein Schlauchboot. Und ich weiß auch, dass es nicht optimal ist, um damit aufs Meer zu paddeln. Und dass es noch weniger optimal ist, um damit ein ein Meter achtzig großes Mädchen und zwei Pferde zu transportieren. Aber das ist alles was wir haben!« Sie hatte ihre Tirade wütend begonnen, doch plötzlich standen Tränen in ihren Augen. Sam sah sie erschrocken an. Mit zwei Schritten war er bei ihr und nahm sie fest in die Arme.

»Hey«, murmelte er beruhigend in den blonden Lockenkopf, »alles wird gut! Wenn wir erst da drüben sind, dann wird uns schon was einfallen. Es ist ja nicht so weit.« Er sah über Fannys Schulter in die Ferne, wo sich der Himmel schon rötlich färbte. Die Sonne ging langsam unter.

»Shit, es wird dunkel«, schniefte Fanny im selben Moment und wischte sich die Augen an dem Ärmel seines Karohemdes. Sam hielt sie an beiden Schultern und sah sie ruhig an.

»Wir warten bis morgen. Dann ist das Meer ruhiger, wir haben geschlafen, und wir können in Ruhe unser Schiff seetüchtig machen.« Er sah sich suchend um. »Wo ist eigentlich der Blasebalg für dieses Ding?«

Fanny hob den Kopf. »Na hier«, sagte sie, tippte mit einem Finger auf seine karierte Brust und lächelte schon wieder.

16. Kapitel

In wildem Galopp jagte Mika auf Ostwind den Strand entlang. Der Wind riss an ihren Haaren und die Hosenbeine ihrer Jeans waren getränkt mit Salzwasser, das Ostwinds Hufe aus der Brandung aufspritzen ließen – aber das war ihr egal. Wie immer, wenn sie auf seinem Rücken dahinflog, vergaß sie alles um sich herum.

Von dem Aussichtspunkt war sie dem steinigen Pfad nach unten gefolgt, der sie in weiten Serpentinen durch die karge Wildnis schließlich bis zum Strand geführt hatte. Von hier unten war es schwer zu beurteilen, in welcher Richtung sie das Pferd gesehen hatte, aber das spielte auch keine Rolle. Sie befand sich, wie sie nun wusste, auf einer Insel. Wenn sie immer an der Küste entlangritt, würde sie es früher oder später finden, wenn sie die Augen offen hielt.

Doch Ostwind sah es vor Mika. Er bremste ab, fiel in Trab und blieb dann schnaubend stehen. Seine Ohren zuckten und er hob den Kopf in den Wind, um den Geruch des Pferdes aufzunehmen, das in einiger Entfernung vor ihnen immer noch unbewegt im Wasser stand. Mika glitt von seinem Rücken. Das Pferd war dunkel, sein Kopf war erhoben, die Ohren gespitzt, doch vor allem war es groß. Riesengroß. Und noch etwas anderes war seltsam, dachte Mika, als sie langsam auf das Tier zuging: Sie spürte es nicht. Sie drehte sich ein und senkte den Blick, um es nicht zu beunruhigen, als sie näherkam, doch das Pferd blieb einfach stehen und bewegte sich nicht. Mika war nur noch knapp zehn Meter von ihm entfernt, und immer noch hatte sie die Energie des Riesenpferds nicht gefunden. Beklommen hob sie den Kopf – und hätte um ein Haar laut losgelacht.

»Oh Mann!«, sie schüttelte grinsend den Kopf. Sie konnte das Pferd nicht spüren, weil es gar nicht lebendig war. Vor ihr stand eine Statue. Mit schnellen Schritten ging sie darauf zu, streckte die Hand aus und spürte kaltes Metall unter ihren Fingern. Sie trat einen Schritt zurück. Kein Wunder, dass sie sich so getäuscht hatte. Bis auf die Größe sah es wirklich echt aus. Und nicht nur das, es wirkte auf eine merkwürdige Art vertraut. Der geschwungene Rücken, die kräftigen Hinterbeine … Mikas Blick fiel auf den schlanken Kopf des Bronzepferdes und sie tat einen weiteren Schritt zurück. Das Metall war zwar angelaufen, aber man konnte trotzdem erkennen, dass der Bildhauer die Umrisse eines Sterns auf seine Stirn gegossen hatte. Und Mika kannte diesen Stern: Ostwind hatte genau denselben.

»Jetzt … jetzt reicht's aber!« Sie taumelte und setzte sich dabei fast in die schäumende Gischt. Diese Insel wurde ihr langsam unheimlich. Sie mussten hier weg. Und Ostwind hatte wohl ein ähnliches Gefühl, denn sie spürte plötzlich seine warmen Nüstern an ihrem Rücken, die sie sanft an ihrem T-Shirt zogen. Das war ungewöhnlich für den

Hengst, doch Mika konnte ihn in diesem Moment nur zu gut verstehen.

»Ja, wir hauen ab!«, sagte sie und ging langsam rückwärts, ohne den Blick von der Statue zu nehmen. Und dann kam Ostwind in ihr Blickfeld, der immer noch gut zwanzig Meter entfernt stand, wo sie ihn zurückgelassen hatte. Wieder zupfte es an ihrem T-Shirt, und diesmal schon bestimmter. Mika hielt inne. Sie war nie gut in Logik gewesen, aber wenn Ostwind da vorn stand, konnte er nicht gleichzeitig an ihr zupfen. Mit einem Mal begann ihr Herz so wild gegen ihre Rippen zu schlagen, als wolle es aus ihrem Brustkorb ausbrechen. Das Bronzepferd hatte sie nicht spüren können, aber die Energie, die sie nun durchströmte war so hell und warm wie die Sonne an einem Junimorgen. Vorsichtig, als könne jede zu hastige Bewegung alles zerstören, drehte Mika sich um. Und sah in zwei Augen, die sie freudig aus einem schief gelegten Kopf ansahen.

»Ora!« Tränen schossen Mika in die Augen. Sie schlang beide Arme um den Hals des Fohlens und vergrub ihr Gesicht in dem wolligen schwarzen Fell. Ora hüpfte vor ungestümer Wiedersehensfreude und stieß Mika dabei um, sodass sie in die Brandung kippte, wo die kleine Stute ausgelassen um sie herumtobte. Mika lachte. Es war egal, dass sie nass wurde. Es war egal, dass das Wasser eiskalt war. Sie hatte ihr Fohlen wiedergefunden.

Doch nach einigen Minuten im eiskalten Wasser war es ihr nicht mehr ganz so egal. Erschöpft schleppte Mika sich aus dem seichten Wasser und Ora begleitete sie mit freudigen Bocksprüngen. Enttäuscht sah sie auf Mika hinab, die sich schwer in den warmen Sand fallen ließ und deshalb auch nicht bemerkte, wie die kleinen rosa Nüstern des Fohlens sich plötzlich weiteten. Es legte den Kopf schief und sah sich um. Mika rollte sich in einen Schneidersitz und beobachtete Ora aufmerksam. Sie hatte sich umgedreht und stand mit einem Mal ganz still da. Ein kaum wahrnehmbares Zittern lief über ihr schwarzes Fell und der kleine dunkle Schweif zuckte einmal hin und her. Mika drehte den Kopf und sah, dass Ostwind langsam auf sie zukam. Fünf Meter vor der Stelle, an der Mika mit Ora saß, blieb er stehen, legte den Kopf schief und sah abwartend zu ihnen herüber. Dem Fohlen entkam ein aufgeregter Quietschlaut und Mika lächelte. Obwohl sie vor Kälte schlotterte, fühlte sie eine Wärme, die von innen kam und sich langsam in ihr ausbreitete.

»Na los, trau dich!« Das Fohlen machte einen unsicheren Schritt, doch dann blieb es stehen und sah sie mit einer Mischung aus Unsicherheit und Freude an. Ihre Ohren zuckten von Ostwind zu Mika und wieder zurück zu Ostwind. Mikas Lächeln wurde breiter.

»Das da ist dein Papa, weißt du«, sagte sie leise und stupste das kleine Pferd mit der Spitze ihres Turnschuhs auf die Hinterbacke. Und als hätte sie damit das alles entscheidende Signal gegeben, raste Ora mit einem wilden Wiehern los und hüpfte durch die Wellen auf ihren Vater zu.

Mika hatte sich in den vergangenen Monaten oft vorgestellt, wie die erste Begegnung zwischen Ostwind und seiner Tochter aussehen würde. Doch Herr Kaan, Milan und auch Sam hatten ihr immer wieder versichert, dass Hengste ihre Fohlen kaum beachteten und umgekehrt, auch Fohlen ihre Väter nicht erkannten. Mika hätte viel darum gegeben, wenn die drei hätten sehen können, was sie jetzt sah.

Ostwind hatte den Kopf gesenkt und schnupperte über Oras zitterndes Fell. Sie stand ganz still vor ihm und ließ ihn ehrfürchtig gewähren. Seine Nüstern tasteten über ihren Rücken und dann knuffte er sie sanft in das weiche wollige Fell an ihrem Hals. Ora antwortete mit einem seligen Schnauben und schmiegte sich an seine Seite. Es war ein wunderschönes Bild, voller Zärtlichkeit und Ruhe, und Mika fühlte, wie die ganze Anspannung der letzten Zeit von ihr abfiel. Auf diesen Moment schien sie monatelang gewartet zu haben und es war ganz egal, wo sie war und wie sie hierher gekommen war. Auch Ostwind schien seiner Freude Ausdruck verleihen zu wollen, denn er riss den Kopf hoch und stieß ein kraftvolles Wiehern aus. Ora antwortete begeistert und als der Hengst losgaloppierte, blieb sie dicht an seiner Seite wie ein kleiner schwarzer Schatten. Mika bekam eine ordentliche Salzwasserdusche, als die beiden Pferde durch die Brandung an ihr vorbeistoben, doch sie lachte glücklich. Nach ein paar hundert Metern bremste Ostwind ab und die Pferde begannen, im seichten Wasser zu spielen. Mit wilden Bocksprüngen tobte Ora um ihren Vater herum, tauchte unter seinem Bauch hindurch und zupfte frech an seiner Mähne, wofür der Hengst sie prompt mit einem strengen Knuff in die Seite maßregelte. Das Fohlen quietschte beeindruckt.

Mika grinste leise. »Tja, viel Spaß bei der Erziehung. Da gibt's noch ein bisschen was zu tun.«

»Allerdings.« Mika zuckte zusammen. Sie war so versunken in die Beobachtung ihrer Pferde gewesen, dass sie den Mann nicht gehört hatte, der sich so selbstverständlich neben ihr niederließ, als wären sie alte Freunde. Im ersten Moment konnte sie ihn nur anstarren. Er war schmal und nicht sehr groß und seine Haut war weiß wie Papier. Er war ungefähr so alt wie Herr Kaan, aber seine Haare waren nicht grau, sondern schlohweiß. Das Seltsamste an ihm waren aber die Augen. Sie waren milchig blau und beschattet von langen farblosen Wimpern.

Er war barfuß, trug eine weiße Leinenhose und darüber ein knielanges weißes Hemd, dessen zerrissene Ärmel er hochhielt. »Ein wildes Fohlen hast du da«, sagte er und sein Blick ruhte wohlwollend auf den Pferden.

»SIE sind der Pferdedieb?«, war alles, was Mika schließlich hervorbrachte und das versonnene Lächeln auf dem Gesicht des Mannes verschwand.

»Vielleicht fangen wir anders an. Mein Name ist Christian Morgen und ich freue mich, dich kennenzulernen.« Er streckte Mika die Hand hin, doch die sah ihn nur fassungslos an.

»Gut, wie du willst. Ich hatte gehofft, dass wir uns gut verstehen. Aber dazu muss ich dir wohl erst ein paar Fragen beantworten. Du brauchst keine Angst zu haben«, fügte er hinzu, nachdem Mika auch darauf nichts erwidert hatte. Doch Mika hatte keine Angst – obwohl sie spürte, dass Angst durchaus nicht unangebracht gewesen wäre. Eine seltsame Energie ging von diesen Mann aus, die sie noch nicht einordnen konnte. Sie kniff für einen Moment die Augen zu, um die wild kreiselnden Fragen in ihrem Kopf zur Ordnung zu rufen.

»Warum haben sie eine Statue von Ostwind?«, platzte sie endlich heraus, denn das riesige Pferdestandbild war das Erste, was sie sah, als sie die Augen wieder öffnete. Christian Morgen sah sie überrascht an. Dann lächelte er.

»Wollen wir unser Gespräch nicht im Haus fortsetzen? Ich wollte euch erst etwas Zeit geben, die Insel kennenzulernen, aber es ist spät und ich …« Er hielt inne und sah gebannt über Mikas Schulter. Sie drehte sich um und sah, dass Ostwind langsam auf sie zukam. Ora lief in perfektem Gleichschritt dicht neben ihm. Ehrfürchtig blickte Christian Morgen den Hengst an und Mika fühlte eine dunkle Unruhe in sich. Gänsehaut kroch ihren Rücken hinauf und das lag nicht an ihren nassen Klamotten. Der Hengst blieb vor ihnen stehen und senkte vertrauensvoll den Kopf, sodass sie seine Stirn berühren konnte. Aber der weiß gekleidete Mann neben ihr war schneller. Er streckte die Hand aus, doch bevor seine Finger ihn berühren konnten, riss Ostwind mit einem drohenden Wiehern seinen Kopf zur Seite und wich zurück. Christian Morgen ließ die Hand sinken und für den Bruchteil einer Sekunde flackerte ein gefährlicher Ausdruck in seinen Augen auf. Aber im nächsten Moment lächelte er schon wieder.

»Wie gesagt, es ist spät, ihr seid erschöpft. Und wir haben viel zu besprechen.« Und damit drehte er sich um und ging mit ruhigen Schritten den Strand entlang davon. Mika zögerte einen Moment. Am liebsten hätte sie sich auf Ostwinds Rücken geschwungen und wäre einfach davongaloppiert, den ganzen Weg bis nach Hause. Aber das ging nicht. Sie sah auf das dunkle tosende Meer vor sich. Die Sonne war untergegangen und mit einem Mal sah es nicht mehr friedlich aus, sondern bedrohlich. Plötzlich fühlte Mika sich sehr allein. Wo waren Fanny und Sam? Sie war sich sicher gewesen, dass ihre Freunde sie nicht im Stich lassen würden, aber nun schwand ihre Zuversicht. Sie fühlte ein leichtes Ziepen an ihrem Rücken. Ora rupfte an ihrem T-Shirt und Mika griff automatisch hinter sich. Und als ihre Finger das flauschige Fell berührten, war mit einem Mal auch ihre Zuversicht zurück. Sie war nicht allein. Sie hatte ihre Pferde und sie würde einen Weg finden, diese Insel mit ihnen zu verlassen. Und auf diesem Weg, das wurde Mika klar, musste sie an dem rätselhaften Mann vorbei, der sie alle hierher gebracht hatte. Sie stand auf, schüttelte den Sand aus ihrer Jeans und straffte ihre Schultern.

»Gehen wir«, sagte sie ruhig. Sie legte eine Hand auf Ostwinds Rücken, die andere in Oras Nacken und inmitten der beiden Pferde ging sie langsam hinter Christian Morgen her, der nur noch ein kleiner dunkler Punkt am Ende des langen Strandes war.

17. Kapitel

Der fast volle Mond leuchtete am Himmel, und Mika fragte sich, ob er über dem Meer wohl heller strahlte als auf dem Festland. Sie stand vor einer großen Fensterfront und sah hinaus. Das Haus, in dem der mysteriöse Mann wohnte, war spektakulär, das sah sogar Mika, die sich eigentlich nichts aus Architektur machte. Es war aus mächtigen grob behauenen Bruchsteinquadern erbaut und schmiegte sich dicht an den zerklüfteten Felsen, der gleichzeitig die Rückwand bildete. Die einzelnen Stockwerke waren kunstvoll aufeinander gestapelt und sahen aus, als hätte ein Riese mit Bauklötzen gespielt. Besonders eindrucksvoll war jedoch die große Glaswand, die über die gesamte Vorderseite des Hauses lief und vor der Mika stand und in den Garten blickte.

Offenbar wuchs das Gras hier auch besser, denn die Wiese, auf der Ostwind und Ora direkt vor ihr im Mondlicht grasten, war grüner und dichter als alle Wiesen, die Mika gesehen hatte. Die Pferde waren sichtlich derselben Meinung. Sie hatten die Köpfe in das saftige Gras getaucht und kauten selig. Ora blieb dabei immer an Ostwinds Seite und wenn er einen gemächlichen Schritt tat, hüpfte sie ihm hinterher.

»Irisches Hochmoorgras. Ich musste es einfliegen lassen. Es gibt nichts Vergleichbares«, bemerkte Christian Morgen als er neben Mika trat und ihr einen Becher reichte.

»Ich könnte ihnen stundenlang zusehen«, sagte er andächtig und setzte sich in einen der tiefen weichen Polstersessel, die so vor der Glaswand arrangiert waren, dass man eine perfekte Aussicht hatte. Er nickte zu dem Sessel neben sich und Mika nahm zögernd Platz. Vorsichtig stellte sie den Becher auf den eleganten Glastisch vor sich.

»Hast du Angst, ich vergifte dich?«, fragte Christian Morgen und zog amüsiert eine Augenbraue hoch.

»Ja«, sagte Mika mit fester Stimme. Das stimmte zwar nicht, aber sie würde sicher nicht hier sitzen und ruhig mit diesem Typ Tee trinken, als wären sie alte Freunde. Sie verschränkte die Arme und sah ihn abwartend an.

»Was soll das mit der Statue von Ostwind da unten?«, wiederholte sie ihre Frage.

Morgen lächelte. »Du bist hartnäckig. Und es ist interessant, dass ausgerechnet das deine erste Frage ist.«

»Kein Problem. Ich hab noch jede Menge andere«, knurrte Mika.

Doch der weißhaarige Mann schüttelte den Kopf. »Nein, die ist gut. Auf eine Art beantwortet sie vielleicht alle anderen.«

»Also?« Mika wurde langsam ungeduldig.

»Das ist nicht Ostwind«, antwortete er und lehnte sich zurück. Ein triumphierendes Lächeln spielte um seine Lippen, und Mika musste sich zusammenreißen, um ihn nicht anzuspringen.

»Ich kenne mein Pferd. Und dieses Ding sieht genauso aus!«

»Ja, das stimmt. Aber es ist nicht dein Pferd, es ist meines.«

»Hä?«, sagte Mika, weil das ihre Verwirrung am besten zusammenfasste.

»Es ist Ostwinds Großmutter: Halla. Du hast schon von ihr gehört, nehme ich an?« Mika setzte sich auf und hätte um ein Haar den Glastisch umgeworfen, auf dem ihr unangerührter Tee stand.

»Halla? Halla war Ihr Pferd?« Das konnte nicht stimmen! Fieberhaft kramte sie in ihrer Erinnerung. Ostwinds berühmte Großmutter war ein Springpferd gewesen, das seinen schwer verletzten Reiter in den Fünfzigerjahren zum Olympiasieg getragen hatte und damit zur Legende wurde. Aber der Mann vor ihr war dafür weder alt genug, noch sah er auch nur im Entferntesten aus wie ein Springreiter. Er musste Mika ihren Unglauben angesehen haben, denn als er fortfuhr klang seine Stimme trotzig wie die eines Kindes.

»Sie war MEIN Pferd! Sie war krank und kaputt, als sie nach ihrer letzten Turniersaison als Rennpferd zu uns in den Stall kam. Aber sie hat mich ausgesucht! Und ich habe sie gepflegt. Ich habe neben ihr geschlafen, nächtelang. Und als sie wieder gesund war, haben sie sie mir einfach weggenommen! Haben sie verkauft an diesen Springreiter, und ich habe sie nie wiedergesehen.«

»Warum denn?« Mika war so gebannt, dass sie sogar ihre Wut für einen Moment vergaß. Morgen zuckte verloren die Schultern.

»Ich war dreizehn. Eine einfache Stallhilfe, ein Niemand, hatte kein Geld und Halla war … Halla.« Er machte eine Pause, als müsste er sich erst sammeln, um weiterzusprechen. Als er es schließlich tat, war die Überlegenheit in seiner Stimme zurück.

»Aber ich habe sie nie vergessen. Sie war mein Pferd«, schloss er und sah Mika an, die in diesem Augenblick begriff, warum sie hier war.

»Und deshalb haben Sie Ora gestohlen? Weil sie Hallas Urenkelin ist?«

Christian Morgen lächelte und seine unheimlichen Augen suchten die beiden Pferde, die jetzt nur wenige Meter von ihnen entfernt hinter der Glasscheibe grasten.

»Halla hatte acht Fohlen. Ich habe sie alle gefunden, bis auf eines. Ihr einziges Stutfohlen wurde ins Ausland verkauft. Ich habe nie erfahren, wohin.«

»Calima!«, entfuhr es Mika.

Morgen sah auf. »Was?«

»Nichts«, sagte sie hastig und fuhr dann schnell fort, bevor er weiter nachfragen konnte. Auf keinen Fall würde sie diesem Irren verraten, wo Ostwinds Mutter war. »Und was haben Sie mit Hallas anderen Fohlen gemacht?«

Christian Morgen schüttelte abfällig den Kopf. »Nichts. Sie waren uninteressant. Unbrauchbar. Keines dieser Pferde war wie sie.« Mika spürte, wie sich in ihrem Inneren etwas zusammenzog. Seit sie sich in den unheimlichen Transporter geschlichen hatte, um Oras Dieb zu finden, hatte sie nie Angst gehabt. Doch nun spürte sie wie eine eisige Hand nach ihren Eingeweiden griff.

»Und Ora …?«, sie konnte den Satz nicht beenden, denn sie bekam plötzlich keine Luft mehr.

»Ora hat viel von Halla«, sagte er unbekümmert. »Gene sind eigenwillig. Manchmal überspringen sie Generationen.« Christian Morgen sah Mika bedeutungsvoll an. »Du kommst wohl auch eher nach deiner Großmutter.«

»Eher nicht«, sagte Mika prompt und ohne nachzudenken. Und als sie es tat: »Woher wissen Sie das?«

Statt einer Antwort griff Morgen neben sich und hielt ein kleines schwarzes Rechteck hoch. »Das Internet weiß alles über dich, Mika Schwarz. Und ich weiß alles über das Internet«, fügte er mit einem stolzen Lächeln hinzu. Mikas Kinnlade klappte nach unten.

»Norbert?«

»Wer ist Norbert?« Christian Morgen war verwirrt. Offenbar wusste er doch nicht alles.

Mika schüttelte den Kopf. Es reichte.

»Egal. Das ist alles egal. Es tut mir sehr leid, dass Sie Halla verloren haben, wirklich. Aber sie können Ora nicht haben!«

Mika war aufgestanden und stand zitternd vor Morgen, dessen blasse Augen sie kalt musterten.

»Was glaubst du, warum du hier bist?«, fragte er ruhig.

Weil sie komplett verrückt sind? Mika hätte es am liebsten laut herausgeschrien, aber sie spürte, dass sie sich damit in ernste Gefahr bringen würde. Genauso wie sie wusste, dass es die Wahrheit war.

»Ich weiß nicht. Warum bin ich hier?«, fragte sie deshalb und zwang sich, alle Angst und allen Zorn aus ihrer

Stimme zu verbannen. Und dann sagte Christan Morgen etwas, das ihr allen Wind aus den Segeln nahm.

»Damit du Ora nach Hause bringen kannst.« Er lächelte dabei so gütig wie ein Weihnachtsmann.

»Ich … kann … was?«, stammelte Mika.

»Es war ein Fehler, sie herbringen zu lassen. Ich wusste es sofort, als ich sie sah. Sie ist ein schönes Fohlen, aber … sie ist es nicht.«

»Sie ist es nicht«, echote Mika baff und setzte sich wieder.

»Aber das ist nicht der einzige Grund, warum du hier bist. Nach allem, was ich über dich in Erfahrung gebracht habe, wollte ich dich kennenlernen.«

»Mich kennenlernen? Warum?« Und da erschien ein Ausdruck auf Morgens gespenstisch bleichem Gesicht, der Mika das Blut in den Adern gefrieren ließ.

»Weil ich wusste, dass du die Einzige bist, die mich verstehen kann. Du weißt, was es heißt, eine echte Verbindung zu einem Pferd zu haben.«

Mika sagte nichts, und Christian Morgen fuhr fort.

»Und du weißt, was es heißt, wenn diese Verbindung verloren geht. Und dass man alles tun würde, um sie wiederzufinden.« Mika schüttelte den Kopf.

»Nein«, sagte sie leise, doch Morgen hörte sie nicht mehr. Er sah hinaus auf die mondbeschienene Wiese und lächelte glücklich. Mika folgte seinem Blick zu Ostwind, der just den Kopf hob und zu ihnen hineinsah. Und in diesem Moment durchzuckte sie eine Erkenntnis wie ein Blitz aus heiterem Himmel: Christian Morgen hatte das

Pferd gefunden, nachdem er all die Jahre gesucht hatte. Es war nicht Ora. Es war Ostwind!

»Wenn Sie noch etwas brauchen, klingeln Sie einfach«, sagte die blonde Frau und sah Mika dabei an, als würde sie ihr dringend empfehlen, nichts mehr zu brauchen. Ihre Unterredung mit Christian Morgen hatte vor wenigen Minuten abrupt geendet, als der weißhaarige Mann einfach aufgestanden und wortlos verschwunden war.

Nun stand sie neben der Frau im schwarzen Overall, die sie bereits aus dem Transporter kannte und blickte in ein großes Gästezimmer. Das Bett hätte mühelos einer fünfköpfigen Familie Platz geboten und in der Mitte des hohen Raumes flackerte ein künstliches Lagerfeuer in einem Kreis aus künstlichen Steinen.

»Ein Telefon vielleicht?«, versuchte Mika es ohne viel Hoffnung und die Frau quittierte das mit einem ausdruckslosen Kopfschütteln.

»Bedaure.« Wieder klang es nicht, als würde sie es tatsächlich bedauern. »Sie reisen morgen ab?«, fragte sie, ohne dass es eine Frage war, weswegen Mika auch nicht antwortete. Die Frau nickte knapp und zog dann die dicke Holztür hinter sich zu, die mit einem leisen metallischen Klicken ins Schloss fiel. Mika lauschte, ob sich ein Schlüssel umdrehte, aber sie hörte lediglich Schritte, die sich rasch entfernten. Mit wild klopfendem Herzen stand sie da. Nie war Fannys Mantra wichtiger gewesen, als in diesem Moment. Ruhe bewahren! Sie setzte sich auf die Kante des braunen Ledersofas an das unechte Lagerfeuer und vergrub den Kopf in den Händen. Er will Ostwind! Er will Ostwind! Er will Ostwind!, dröhnte es unaufhörlich in ihren Ohren.

»Nein!« Mika sprang auf und war mit zwei Schritten an der Tür. Sie wusste nicht, was sie tun würde, aber einfach hier zu warten, war unerträglich. Sie musste zu ihren Pferden! Sie wollte gerade nach der Klinke greifen, als sie sah, dass es keine gab. Die Tür hatte lediglich einen runden Griff, der sich nicht drehen ließ. Sie fuhr herum und sah sich um. Das Zimmer hatte ein großes Fenster und Mikas Herz beschleunigte noch ein paar Takte, als sie sah, dass es im Gegensatz zur Tür einen normalen Griff hatte. Langsam ging sie darauf zu und als sie die Hand auf ihn legte, rechnete sie fest damit, dass er sich nicht würde drehen lassen. Doch mit einem leisen Schleifgeräusch gab er nach und der große Fensterflügel schwang geräuschlos ins Zimmer. Kühle salzige Nachtluft strömte herein und Mika wurde sofort ruhiger. Sie beugte sich nach vorn – und sah fünf Meter in die Tiefe.

Unter sich erblickte sie Ostwind und Ora. Wachsam stand der Hengst da und sah in die Dunkelheit. Die Ähnlichkeit zu dem Standbild seiner Großmutter war in diesem Moment wirklich frappierend. Zu seinen Füßen bemerkte Mika ein kleines schwarzes Bündel im Gras liegen. Ora hatte sich dort zusammengerollt und schlief unbekümmert. Mika kletterte auf das breite Marmorfensterbrett, um die Entfernung besser abschätzen zu können. Das irische Hochmoorgras schien weich zu sein, aber ein Sprung aus dieser Höhe wäre trotzdem zu gefährlich.

Dann fiel Mikas Blick auf das kupferne Rohr einer Regenrinne, das in gut einem Meter Entfernung neben ihrem Fenster nach unten lief und ein Grinsen breitete sich auf ihrem Gesicht aus. Seit zwei Jahren kletterte sie mehrmals täglich aus einem Fenster – aber das hatte Christian Morgen offenbar nicht über sie im Internet gelesen. Mit einem routinierten Sprung hechtete sie hinüber zu dem Regenrohr. Es war viel dünner als das rostige Eisenrohr, das sie aus Kaltenbach gewohnt war und für eine Schrecksekunde hing sie baumelnd in der Luft. Doch dann fanden ihre Füße Halt an der dicken Bruchsteinmauer der Außenwand und wenige Augenblicke später sprang sie lautlos in das dichte Gras. Ostwind sah ihr aufmerksam entgegen, als sie auf leisen Sohlen zu ihm schlich. Sie schlang ihre Arme um seinen Hals und presste ihre Nase in die Mähne.

»Wir müssen hier weg«, flüsterte sie und Ostwind schnaubte zustimmend. Doch dann löste er seinen Kopf aus ihrer Umarmung und senkte die Nüstern auf den Rücken seines Fohlens, das immer noch ruhig zu ihren Füßen schlief. Und in diesem Moment wurde Mika klar, dass sie nicht einfach gehen konnten. Mit Ostwind allein hätte sie nicht gezögert. Sicher war es gefährlich, die ganze Strecke zum Festland zu schwimmen, aber der Hengst war stark und Mika zweifelte keinen Augenblick, dass er es schaffen würde. Aber Ostwind hatte es ihr deutlich zu verstehen gegeben: Sie waren nicht allein.

Mika ließ sich ins Gras fallen und schlang seufzend die Arme um ihre langen Beine. Durch die große Fensterfront vor ihr sah sie ins Haus, in das weitläufige Wohnzimmer, in dem sie mit Christian Morgen gesessen hatte. Sogar ihre Teetasse stand noch auf dem Glastisch. Und daneben lag ein kleines schwarzglänzendes Viereck. Norbert. Mika sprang auf. Sie hatte sich nie viel aus Fannys Lieblingsspielzeug gemacht, aber sie war sich sicher, wo immer ihre Freundin gerade war, ihr Tablet war in ihrer Nähe. Schnell lief sie durch das taufeuchte Gras auf die großen Fenster zu und hoffte inständig, dass Christian Morgen sie nicht abgesperrt hatte. Aber warum sollte er? Er war schließlich ganz allein auf dieser Insel. Sie lehnte sich sacht gegen den Rahmen der Tür, die fast unsichtbar in die riesige Glasfront eingelassen war und unterdrückte einen Jubelschrei, als sie nachgab.

18. Kapitel

Fanny war hellwach. Zu jeder anderen Zeit hätte sie es sicher genossen, in einem Schlafsack im Auto zu liegen und das Meer rauschen zu hören. Aber zum einen musste sie sich alle halbe Stunde aufrappeln, um Sam wieder auf seine Seite zurückzurollen, zum anderen machte sie sich Sorgen um Mika. Sie hatte Mika im Stich gelassen. Und nun war sie hier, ohne Plan, mit einem lächerlichen Schlauchboot und hatte keine Ahnung, wie und ob sie ihrer Freundin helfen konnte. Norbert 2.0 neben ihr piepste aufgeregt, aber Fanny hatte ausnahmsweise einmal keine Lust auf ihren treuen Begleiter. Was auch immer ihr einer ihrer vielen virtuellen Freunde mitten in der Nacht mitzuteilen hatte, es konnte warten. Norbert piepste erneut und Fanny seufzte genervt.

»Halt die Klappe«, murmelte sie und schob das kleine Tablet energisch unter ihren Schlafsack. Sie schloss die Augen und begann, tief zu atmen. Vielleicht würde die Zeit bis zum Morgen auch vergehen, wenn sie einfach so tat, als würde sie schlafen. Brrr-Brrr. Unter ihrem Kopf vibrierte es. Fanny biss die Zähne zusammen und musste den Impuls unterdrücken, Norbert 2.0 einfach aus dem Autofenster ins Meer zu werfen. Nein, sie würde ihn einfach ignorieren – er konnte ja nichts dafür, dass ein durchgeknallter Pferdedieb, der Fannys beste Freundin gefangen hielt, an seiner Erfindung beteiligt war. Wo war Mika nur? Fanny war der festen Überzeugung gewesen, dass sie sich früher oder später bei ihnen melden würde. Dieser gottverdammte Christian Morgen würde doch wohl irgendwo auf dieser gottverdammten Insel ein Telefon haben, das Mika finden konnte! Fannys Augen klappten auf und diesmal lag es nicht an dem ärgerlichen Surren ihres Tablets. Mika hatte vielleicht kein Telefon gefunden, sondern … etwas anderes! Hastig rollte sie sich herum, angelte nach Norbert, drückte auf den kleinen Knopf, der den dunklen Bildschirm zum Leben erweckte – und da war: Mika!

Das Videobild war zwar verzerrt, aber es war eindeutig ihre Freundin. Fanny war noch nie so erleichtert gewesen, sie zu sehen.

»Mika!«

»Fanny!«

»Mika!«

»Fanny!«

Und dann sagten beide gleichzeitig: »Wo bist du?«

»Was soll ich nur tun?«, sagte Mika mit hohler Stimme und starrte auf Fannys ratloses Gesicht. Mika war mit ihrer Beute zurück in ihr Zimmer geklettert und kauerte auf dem großen Ledersofa. Es war eine Achterbahnfahrt der Gefühle gewesen. Sie hatte es tatsächlich geschafft, Fanny zu erreichen. Fanny und Sam waren ganz in der Nähe. Für einen kurzen Augenblick schien die Rettung sicher. Doch nachdem Mika atemlos berichtet hatte, was geschehen war, hatte Fanny nicht wie gewohnt sofort eine Lösung parat. Im Gegenteil, sie war im Laufe des Gesprächs immer stiller geworden. Und das war kein gutes Zeichen.

»Ich glaube, es gibt nur eine Lösung«, sagte Fanny schließlich und sah Mika mit ungewohntem Ernst an.

»Nein«, protestierte sie schwach. Sie wollte nicht hören, was ihre Freundin als Nächstes sagen würde.

»Tut mir leid, aber du musst dich entscheiden. Entweder Ostwind oder Ora.« Fanny wusste, was sie Mika mit diesem Satz antat, deshalb beeilte sie sich hinzuzufügen: »Mika, der Typ hat ganz offensichtlich einen ernsthaften Dachschaden. Und er hat viel Geld und das ist eine echt ungute Kombination. Solange du da in seinem Morgenland bist, hast du keine Chance gegen ihn!«

»Nein«, wiederholte Mika trotzig, obwohl sie wusste, dass Fanny recht hatte.

»Es ist ja nur vorübergehend! Wenn du wieder mit einem der Pferde auf dem Festland bist, finden wir einen Weg, diesen Irren hochgehen zu lassen!«

»Und wenn nicht? Wenn die Polizei wieder nichts tut? Was dann?« Fanny schwieg. Es war eine schreckliche Zwickmühle. Mika konnte heute Nacht mit Ostwind fliehen und Ora einem ungewissen Schicksal überlassen – oder mit dem Fohlen die Insel verlassen, wie Christian Morgen es wollte. Doch das bedeutete, dass sie Ostwind zurücklassen musste.

»Mika?« Fanny sah ihre Freundin an, die auf dem kleinen Videobild trostlos vor sich hinstarrte.

»Ich weiß, es klingt komisch aus meinem Mund, aber …«

Mika sah auf. »Was?«

»Was würde Ostwind wollen?«, vollendete Fanny ihren Satz. Sie kam sich sehr albern vor. In Fannys Welt war ein Pferd in erster Linie ein großes Tier mit Mähne und auch wenn sie längst akzeptiert hatte, dass das für Mika anders war, dass Ostwind anders war, fühlte sie sich immer noch etwas unsicher auf diesem Gebiet. Doch offensichtlich hatte sie etwas angestoßen. Mikas Gesicht veränderte sich. Nachdenklich sah sie aus dem Fenster und dachte über Fannys Frage nach. Vor ihrem inneren Auge tauchte ein Bild auf. Ein dunkler Hengst, der ruhig über seinem schlafenden Fohlen wachte. Es war keine Frage, was Ostwind an ihrer Stelle tun würde. Er würde Ora niemals zurücklassen. Nach einer ganzen Weile wandte sie sich wieder Fanny zu und lächelte.

»Danke!«

Fanny lächelte zurück. »Keine Ahnung wofür, aber bitte!«

Sie machte eine Pause und sah Mika abwartend an. »Dann …?«

»Dann sehen wir uns morgen«, war das Letzte, das sie Mika sagen hörte, dann wurde das Videobild plötzlich schwarz.

Fanny starrte entgeistert auf das dunkle Display ihres Tablets. »Argh! Akku!«, entfuhr es ihr laut und Sam neben ihr setzte sich mit einem erschrockenen Ruck auf.

»Geht's los? Ich bin wach! Ich bin bereit!«, sagte er und

blickte wild um sich. Fanny stupste ihn sanft mit der Hand gegen die Brust. »Nein, schlaf weiter.« Mit einem dankbaren Seufzer kippte er um und schlief sofort wieder ein.

Die Sonne ging langsam auf und verwandelte das Meer in einen glatten silbernen Spiegel. Mit angezogenen Knien saß Mika im Sand und ihr Blick ruhte auf den beiden Pferden, die wenige Meter von ihr entfernt, entspannt unter einer knorrigen Seekiefer lagen. Ora hatte sich dicht an Ostwind gekuschelt und ihr kleiner Bauch hob und senkte sich mit ihren tiefen Atemzügen. Der Hengst hatte zwar wie immer den Kopf erhoben, aber auch er döste mit halb geschlossenen Augen. Die sich gerade öffneten. Seine dunklen Nüstern erzitterten und er sah Mika aus seinen goldbraunen Augen fragend an. Sie hatte es auch gehört. Aufgeregte Stimmen, die sich langsam näherten.

Wenige Augenblicke später erschienen in einiger Entfernung zwei Gestalten in dunklen Overalls, die, als sie Mika sahen, im Laufschritt auf sie zu rannten.

»Ich hab sie! Unten am Strand. Mit den Pferden.« Sie waren nun fast bei ihr und sie hörte, wie die blonde Frau in ein Funkgerät sprach. Doch der Mann erreichte Mika zuerst. Er packte sie grob am Arm und riss sie auf die Füße. Mit einem wilden Wiehern sprang Ostwind auf. Mika sah zu ihrem Schrecken, dass er ein Gewehr über der Schulter hängen hatte, das er nun hochriss. Mika hatte so ein Gewehr schon einmal gesehen, bei Dr. Anders, dem Tierarzt des Gestüts. Und sie sah auch den kleinen buntgefiederten Betäubungspfeil, mit dem es geladen war. Ostwind schien es ebenfalls zu erkennen, denn er stieg auf die Hinterbeine und tänzelte drohend auf den Mann mit dem Gewehr zu.

»NEIN!« Mika riss sich los und sprang in die Schusslinie. Sie drehte sich zu Ostwind. »Ruhig! Ruhig! Alles ist gut!« Der Hengst fiel schwer auf die Vorderhufe. Er schnaubte aufgebracht und lief dann in einem engen Kreis im Sand hin und her.

»Wenn er das noch einmal macht …«, keuchte der Bärtige und ließ das Gewehr mit zitternden Händen sinken.

»Das kommt darauf an, was sie machen«, knurrte Mika und funkelte ihn feindselig an.

»Hey«, brüllte die Frau in diesem Moment. Sie fuchtelte wild mit den Händen in der Luft und drehte sich um die eigene Achse. Mika musste grinsen, als sie sah, was sie so erschreckt hatte. Ora war aufgewacht und hatte offenbar entschieden, eine Kostprobe des glänzenden Ledergürtels um ihre Hüfte zu nehmen.

»Halt mir das Vieh vom Leib«, zeterte sie und versteckte sich hinter ihrem Kollegen, der nun das Gewehr auf Ora richtete, die vor den beiden stand und fragend den Kopf schief legte.

»Das reicht.« Eine Hand legte sich auf den Gewehrlauf und drückte ihn nach unten. Christian Morgen blickte Mika aus kalten Augen an. Im hellen Licht der Morgensonne sah er mit seinem farblosen Gesicht und den weißen Haaren aus wie ein Gespenst. Seine beiden Bediensteten traten zurück und senkten demütig die Köpfe. »Marta, Albrecht – ich denke, wir kommen ohne euch zurecht?«

Es war mehr eine Frage an Mika als eine Anweisung. Mika hielt seinen Blick und nickte.

»Gut, dann geht und kümmert euch darum, dass das Boot fertig ist«, sagte er, ohne die beiden anzusehen, die daraufhin mit einem letzten finsteren Blick auf Ostwind davonstapften. Morgen wandte sich an Mika.

»Ich bin enttäuscht, dass du meine Gastfreundschaft abgelehnt hast.« Seine Stimme war ruhig, aber die Drohung, die darin lag, war nicht zu überhören.

»Und ich bin enttäuscht, dass Sie mich einsperren und mir mein Pferd stehlen!«

»Es tut mir leid, dass du das so siehst. Aber ich habe ältere Rechte an diesem Pferd. Ich dachte, du hättest das verstanden.« Sein Blick wanderte zu Ostwind, der mit Ora an seiner Seite unter der Kiefer stand und in diesem Moment die Ohren anlegte.

»Niemand hat irgendwelche Rechte an Ostwind! Sie können das doch nicht erzwingen«, sagte Mika verständnislos. Ein harter Zug erschien um Christian Morgens blasse Lippen.

»Er wird es gut haben. Ich habe für alles gesorgt.«

»Er wird nicht bleiben.« Mika sah ihn ruhig an.

»Oh doch, das wird er! Er ist mein Pferd. Vielleicht weiß er es noch nicht, aber er wird es lernen!« Seine Stimme klang auf einmal hoch und spitz und Mika wusste in diesem Moment, dass sie nichts weiter sagen oder tun konnte. Christian Morgen war vollkommen wahnsinnig. Ganz in der Nähe erklang vom Wasser her ein doppeltöniges Tuten, und Morgen hob mit einem unheimlichen Lächeln den Kopf. Mika folgte seinem Blick und sah eine flache weiße Barkasse, die über die Wellen der Brandung auf sie zu schaukelte. Marta steuerte und Albrecht stand am Bug und sah Mika grimmig entgegen.

»Ah, das Boot ist da. Zeit zu gehen.«

»Okay, jetzt ist Schluss! Wir rufen die Polizei!« Sam sah Fanny mit weit aufgerissenen Augen an. Er saß aufrecht im Laderaum des Geländewagens und steckte noch in seinem Armeeschlafsack, was ihn aussehen ließ wie eine große grüne Raupe.

»Nein!«, wiederholte Fanny zum hundertsten Mal. »Wir müssen warten bis Mika mit Ora in Sicherheit ist. Hast du nicht zugehört?«

»Doch, hab ich! Meine beste Freundin ist da drüben mit einem Irren, der ihr Ostwind wegnehmen will!« Sam raufte sich verzweifelt die Haare. »Und du hättest mich, verdammt nochmal, wecken sollen!« Er fummelte in seinem Schlafsack und fischte nach einigen Verrenkungen sein Handy hervor.

»Sam! Nicht! Du bringst Mika in Gefahr! Wer weiß, was Morgen mit ihr macht, wenn auf einmal die Polizei auftaucht! Der Typ ist vielleicht irre, aber er ist ein ziemlich kluger Irrer!«

»Quatsch! Du hast zu viele Krimis gelesen«, sagte Sam ungerührt und wählte eine Nummer. Doch er kam nicht weit, denn Fanny hatte ihm mit einer schnellen Bewegung sein Handy entrissen und es aus dem offenen Autofenster nach draußen geworfen. Das laute Platschen, mit dem es die Meeresoberfläche traf, war deutlich zu hören. Fanny sah ihn kampflustig an.

»Und du hast zu wenige gelesen«, sagte sie finster.

»HEY! DAS WAR MEIN TELEFON!« Sam sah aus, als könne er nicht fassen, was gerade passiert war.

»Außergewöhnliche Umstände erfordern außergewöhnliche Maßnahmen«, sagte Fanny ungerührt und fügte dann etwas milder hinzu: »Und es war eh uralt, du kriegst eins von meinen. Wir brauchen jetzt keine Polizei. Noch nicht.« Sam wollte gerade den Mund aufmachen, um sie in aller Deutlichkeit wissen zu lassen, was er von dieser Maßnahme hielt, als es laut an die Frontscheibe klopfte. Die beiden zuckten zusammen.

»Aussteigen – Polizei!«, brummte eine tiefe Stimme und dann tauchte ein Kopf vor dem offenen Fenster auf.

Mit einem satten Klatschen schlug die breite Alurampe wenige Meter von Mika entfernt auf den nassen Sand. Sie hatte sich schon gefragt, wie der Transporter auf die Insel gekommen war und hier war die Antwort. Das weiße Boot hatte ein offenes Deck und sah ein bisschen aus wie eine Autofähre, die man zu heiß gewaschen hatte. Es hatte beigedreht und schaukelte sanft auf den Wellen, während die blonde Frau damit beschäftigt war, die Rampe sicher im Sand zu verankern. Sie bildete einen schwankenden Steg, über den ein Auto sicher auf das Schiff gelangen konnte. Oder ein Pferd.

Christian Morgen sah Mika ausdruckslos an, die mit Ora an ihrer Seite reglos dastand.

»Der Transporter wartet auf dem Festland. Du kannst Ostwind auf Wiedersehen sagen. Obwohl –«, er machte eine Pause und fuhr dann mit einem leisen Lächeln fort, »ich nicht glaube, dass es das geben wird.«

Der große bärtige Mann war an Mikas Seite aufgetaucht. Er nahm das Betäubungsgewehr in seine fleischigen Hände und stieß ihr damit in die Rippen.

»Los! Und denk nicht mal daran, irgendeinen Quatsch zu machen. Jetzt nicht, und auch später nicht«, zischte er ihr zu.

»Keine Sorge, Albrecht. Das wird sie nicht.«

»Ach nein?«, sagte Mika. Es klang ruhig, obwohl ihr Herz so laut schlug, dass sie sicher war, jeder würde es hören.

»Nein«, antwortete Christian Morgen. »Nicht, solange dein Pferd hier ist.« Er musste die Drohung nicht aussprechen, sie lag unmissverständlich in seinen toten Augen, die auf Mikas Gesicht ruhten. Und Mika spürte wie plötzlich alle Kraft aus ihren Beinen wich. Sie strauchelte und Albrecht packte sie gerade noch rechtzeitig am Arm. Morgen lächelte amüsiert.

»Und schon wieder bin ich enttäuscht. Ich dachte, wir sind seelenverwandt, du und ich. Ich dachte, ich müsste dir nicht erklären, was passiert, wenn du versuchst … unsere Abmachung zu untergraben.«

»Wir haben keine Abmachung!«

»Doch, die haben wir. Du bekommst dein Fohlen und ich behalte Ostwind.«

»Nein!« Mika spie das Wort förmlich aus.

»Doch, Mika Schwarz. Und es ist besser, du hältst dich

daran. Denn wenn ich Ostwind nicht haben kann, dann kann ihn keiner haben.« Es klang so beiläufig, als hätte er über das Wetter geredet. Mika starrte den weißhaarigen Mann fassungslos an. Und auch Albrecht, der sie immer noch am Arm festhielt, sah überrascht aus. Ein Ausdruck huschte über sein dümmliches Gesicht, als kämen ihm erst jetzt leise Zweifel, ob sein Chef noch alle Zacken in der Krone hatte. Doch leider hatte er keine Zeit, länger darüber nachzudenken, denn Morgen blaffte ihn in kaltem Befehlston an.

»Binde ihn fest.« Er nickte zu Ostwind, der die ganze Zeit mit unruhig schlagendem Schweif unter dem alten Baum gestanden und ihnen aufmerksam zugesehen hatte. Der große Mann zögerte. Offenbar war ihm nicht klar, wie er gleichzeitig ein Gewehr halten und ein wildes Pferd an einen Baum binden sollte.

»Ich mach das«, sagte Mika, obwohl sie gerade all ihre Kraft zusammennehmen musste, um die Tränen zurückzudrängen, die heiß hinter ihren Augen brannten. Aber sie würde jetzt nicht weinen!

»Von mir aus«, sagte Albrecht und nickte seiner Kollegin zu, die Mika ein zusammengerolltes gelbes Nylonseil zuwarf. Er hielt immer noch das Gewehr auf sie gerichtet.

»Dann mach. Aber hey! Ich checke den Knoten!«, sagte er und grinste, sichtlich stolz auf seine weise Voraussicht. Doch Mika beachtete ihn nicht. Sie ging langsam auf Ostwind zu. Der Hengst sah ihr entgegen und tänzelte unruhig auf der Stelle. Er schien zu spüren, dass etwas ganz und gar nicht in Ordnung war.

Auch Ora schien es zu fühlen, denn sie blieb dicht an Mikas Seite und erst als sie bei Ostwind angelangt waren, schmiegte sie sich schutzsuchend zwischen seine Beine. Mika schlang das Seil um den dicken Stamm der alten Seekiefer und zog das andere Ende mit geübten Griffen durch Ostwinds Lederhalfter.

»Doppelknoten«, tönte es hinter ihr und Mika zog die beiden Seilenden so fest zusammen, dass ihre Finger brannten. Ostwind stand ganz still und sah sie fragend an. Der Schmerz, der ihren ganzen Körper erfasste, raubte Mika fast den Atem. Sie hatte Ostwind schon einmal verlassen – und obwohl es freiwillig und in Freiheit gewesen war, war es das Schwerste, das sie in ihrem Leben getan hatte. Doch dieser Abschied hier war ein wirklich gewordener Albtraum. Sie sah zu Ora, die an dem dunklen Brustfell ihres Vaters knabberte. Sie hätte sich anders entscheiden sollen, schoss es ihr durch den Kopf. Sie hätte mit Ostwind fliehen und Ora zurücklassen sollen.

»Nein«, flüsterte sie erstickt und lehnte ihre Stirn gegen Ostwinds.

»Das reicht«, kam Morgens schrille Stimme und Mika spürte eine schwere Hand auf ihrer Schulter. Sie hob den Kopf und sah Ostwind ein letztes Mal an. Das Meer spiegelte sich in seinen dunkelgoldenen Augen und plötzlich war da Herr Kaans ruhige Stimme in ihrem Ohr. *Pferde verstehen Bilder. Schicke ihm ein Bild von dem, was du willst, dass er tut. Wenn er dir richtig vertraut, kannst du einen Gedanken denken und er folgt dir.*

Die Hand riss sie zurück. »Genug gekuschelt, Pferdemädchen. Wir gehen JETZT!« Mika drehte sich um und der Hüne wich unwillkürlich einen Schritt zurück, denn plötzlich war keine Schwäche mehr in ihrem Gesicht, sondern Entschlossenheit.

»Komm«, sagte sie zu dem Fohlen, das vertrauensvoll zu ihr hochsah. Sie legte eine Hand auf Oras Nacken und dicht gefolgt von Marta und Albrecht gingen sie auf das wartende Boot zu, ohne sich noch einmal umzudrehen.

19. Kapitel

Soso«, sagte der Polizist und faltete seine Hände über dem riesigen Bauch, der so weit über seine blaue Hose hing, dass Fanny sich still fragte, wie lange er wohl seine Füße nicht mehr gesehen hatte.

»Und jetzt? Was machen Sie jetzt? Wollen sie nicht Verstärkung anfordern? Einen Hubschrauber vielleicht?«, fragte Sam und trommelte ungeduldig mit den Händen auf dem Kotflügel des alten Geländewagens.

»Hubschrauber? Ich denke nicht«, sagte der Dicke gemütlich. Er zog einen Block aus seiner Gesäßtasche und begann, seelenruhig zu schreiben.

»Also, da hätten wir: unbefugtes Campen auf öffentlichem Grund, Verbandskasten mit abgelaufenem Haltbarkeitsdatum, keine Warnweste uuund ...«, er sah Sam und Fanny streng über den Rand seiner kleinen Lesebrille an, »Befahren von Gewässern mit nicht seetauglichem Fahrzeug.«

»WAS?« Fanny sprang empört von der Kühlerhaube, auf der sie gesessen hatte, während Sam versuchte, dem unbeeindruckten Beamten zu erklären, warum sie hier waren.

»Wir haben das Ding noch nicht mal im Wasser gehabt!«

Der Polizist sah auf das entenbedruckte Schlauchboot, das wenige Meter vor dem Ufer auf dem schmutzigen Asphalt lag.

»Das würde ich euch auch nicht empfehlen! Die Kollegen von der Küstenwache verstehen da nämlich keinen Spaß! Nicht so wie ich«, sagte er mit einem vieldeutigen Blick zu Sam.

»Das ist kein Spaß!«, jaulte Sam verzweifelt auf. »Mika ist in Gefahr! Bitte, rufen sie die Küstenwache! Die Küstenwache ist gut.« Doch der behäbige Polizist stand einfach nur da und schüttelte den Kopf.

»Ahhh!« Aufgeregt gestikulierend lief Sam zu der niedrigen Kaimauer.

Der Polizeibeamte sah Fanny besorgt an. Fragend drehte er einen stummeligen Zeigefinger vor seiner Schläfe.

»Ist er nicht ganz … richtig da oben?«, fragte er leise.

»Ach, das frage ich mich auch oft genug«, seufzte Fanny. »Aber genauso oft frage ich mich, ob die Polizei heutzutage eigentlich jeden nimmt«, fügte sie im selben freundlichen Tonfall hinzu und lächelte den Beamten an.

Es dauerte einen Moment, dann zogen sich die Augenbrauen des dicken Mannes zusammen. Er hob seinen Block und kritzelte wütend.

»Soso, dann also noch Beamtenbeleidigung! Das wird teu… – hey!«, schrie er plötzlich. Fanny fuhr herum und sah Sam, der gerade das Schlauchboot ins Wasser warf. Dann sprang er in die wogende Brandung und schubste das kleine Boot vor sich her. Fannys Augen wurden groß.

»Sam! Verdammt!«, schrie sie und bevor sie wusste, was

sie tat, oder der überrumpelte Polizist reagieren konnte, rannte sie los. Sie griff nach den beiden Plastikpaddeln, die noch am Ufer lagen und watete durch das schmutzige Wasser hinter ihm her.

Der salzige Wind riss an Mikas Haaren. Sie stand auf dem Deck der Barkasse und sah zu, wie sich das Boot mit überraschender Geschwindigkeit vom Ufer entfernte. Ora stand neben ihr, reckte ihren kleinen Kopf in die Luft und schnupperte aufgeregt in alle Richtungen. Ihr kurzer puscheliger Fohlenschweif drehte sich dabei übermütig im Kreis wie ein kleiner Propeller. Ohne jedes Zögern war sie Mika auf das schwankende Boot gefolgt, wie immer entschlossen, jedes Abenteuer zu erleben, das sich ihr bot. Noch schien sie nicht realisiert zu haben, dass sie Ostwind unter dem Baum zurückgelassen hatten. Anders als Mika. Sie sah zu ihrem Pferd. Sah Ostwind, der ihr mit hoch erhobenem Kopf und gespitzten Ohren nachsah. Sah die gespenstische Gestalt von Christian Morgen, der langsam auf ihn zuging.

Und da drehte Ostwind sich zu ihm um. Morgen blieb stehen, als wolle er testen, ob der Hengst ihn näher kommen lassen würde. Ostwind blieb ruhig. Vorsichtig streckte Christian Morgen die Hand aus und legte sie auf seinen Hals. Ostwind ließ es geschehen. Mikas Herz krampfte sich schmerzhaft zusammen und sie krallte sich fest in Oras Fell. Das Fohlen legte überrascht den Kopf schief und sah zu ihr auf. Auf der Insel begann Morgen, den Strick, mit dem Ostwind an den Baum gebunden war, zu lösen.

Auf seinem Gesicht lag ein Ausdruck absoluter Verzückung.

Jetzt!, dachte Mika und schloss die Augen.

Ihre Stirn begann zu zittern, als sie all ihre Kraft zusammennahm und Bilder vor ihrem inneren Auge auftauchen ließ. Die Brandung, das Meer, das sich entfernende Schiff. Ora. »Schwimm!«, murmelte sie. »Schwimm, Ostwind!«

Und als hätte auch das Fohlen ihre Gedanken gespürt, stieß es ein lautes rufendes Wiehern aus, das der Wind aufnahm und über das Wasser zum Ufer trug. Und Ostwind antwortete. Mika riss die Augen auf und sah wie der Hengst auf die Hinterbeine stieg. Mit einer einzigen kraftvollen Drehung seines Halses riss er Christian Morgen das Seil aus der Hand, der durch den unerwarteten Ruck vornüber fiel. Nasser Sand hagelte auf ihn herab, als der Hengst mit einem gewaltigen Satz über seine zusammengekrümmte Gestalt hinwegsprang und mit erhobenem Schweif ins Meer galoppierte.

»Ostwind«, schrie Mika und wieder antwortete der Hengst mit einem wilden Wiehern. Und dann begann er zu schwimmen.

Fanny lachte. Hilflos hing sie in dem kleinen Gummiboot, das über die hohen Wellen hüpfte wie eine betrunkene Robbe und kicherte hysterisch. Sam saß ihr gegenüber und paddelte mit zusammengebissenen Zähnen, als ginge es um sein Leben.

»Was … machst … du … denn?«, keuchte Fanny zwischen zwei Lachstößen.

»Na, was wohl? Eine romantische Bootsfahrt mit meiner Süßen«, knurrte Sam und kniff die Augen zusammen, als ihm eine Salzwasserfontäne ins Gesicht klatschte.

Hinter ihnen am Ufer hüpfte der dicke Polizist auf und ab wie Rumpelstilzchen. Fanny drehte sich um und winkte ihm fröhlich zu.

Der Beamte hielt empört inne und griff dann zu einem Funkgerät, das unter seinem Hängebauch verborgen gewesen war. Und mit einem Mal hörte Fanny auf zu lachen, denn sie hatte plötzlich verstanden, was Sam vorhatte.

»Spinnst du? Das ist total irre!«

»Dann müsste es doch genau nach deinem Geschmack sein!« Sam ruderte energisch weiter.

»Sam! Wenn die Küstenwache uns jetzt aufgreift, dann haben wir ein Problem! Dann können wir Mika nicht helfen …«

Sam ließ die Paddel sinken. »Können wir einmal derselben Meinung sein? Nur EINMAL?«, schrie er über das Rauschen der Wellen hinweg. Fanny klammerte sich erschrocken an das orangefarbene Plastik, als das Boot sich kreiselnd drehte.

»Das ist jetzt nicht der Zeitpunkt für eine Beziehungskrise«, schrie sie zurück. Sam sah überrascht auf. »Dann haben wir … wieder eine Beziehung?«, fragte er hoffnungsvoll.

»Ja! Ja! Natürlich! Und jetzt nimm die verdammten Paddel!« Das Boot schlingerte bedrohlich, doch Sam schien das nicht zu beunruhigen. Er grinste über das ganze Gesicht. »Wir haben eine Beziehung! Jawohl!«

»SAM!«

»Ja sorry, natürlich!« Er griff nach den Paddeln, tauchte sie ins Wasser und das Boot kam zum Stillstand. Fanny ließ erleichtert den Kopf sinken und atmete tief aus.

»Schön, dann hätten wir das geklärt. Und jetzt fahren wir zurück ans Ufer und wenn Mika da ist, überlegen wir IN RUHE, wie es weitergeht. Okay?«

»Äh …«, machte Sam.

»Was?« Fanny hob den Kopf und sah Sam an, der mit großen Augen über ihre Schulter sah.

»Ich weiß nicht, aber für Ruhe bewahren ist es eventuell zu spät«, sagte er, hob ein Paddel aus dem Wasser und deutete damit auf etwas hinter Fannys Rücken.

»Dafür ist es nie zu spät«, sagte Fanny schulmeisterlich. Sie drehte sie sich um und ihr Unterkiefer klappte nach unten.

Ostwind schwamm. Sein Kopf ragte hoch aus dem Wasser und sein dunkler Rücken glitzerte nass in der Sonne. Er hatte die Heckwelle der Barkasse fast erreicht und immer noch hatten Marta und Albrecht, die das Boot steuerten, ihn nicht bemerkt. Mikas Hände krampften sich um die eiserne Reling und Ora hüpfte aufgeregt quietschend auf und ab, als wollte sie ihren Vater anfeuern. Immer wieder krachten ihre kleinen Hufe auf das Holz des Decks.

»Hey!«, rief eine Stimme vom Bug. »Das Vieh soll aufhören!« Mikas Atem stockte.

»Ora! Ruhig!«, zischte sie, doch es war zu spät. Mit schweren Schritten kam Albrecht über das schwankende

Boot auf sie zu. Das Betäubungsgewehr baumelte an seiner Seite, noch bevor er sie erreicht hatte, zerriss ein Schrei die Luft. Es klang wie ein verletztes Tier und für einen Moment hielt der grobschlächtige Mann verwirrt inne. Er sah Mika an, dann Ora und dann wanderten seine Augen weiter, zurück zum Strand der Insel, der schon weit hinter ihnen lag. Er kniff die Augen zusammen. »Was zur Hölle …«, entfuhr es ihm. Und nun sah Mika es auch. Christian Morgen stand bis zur Hüfte im Wasser. Weiße Gischt umspülte ihn und sein Gesicht war zu einer irren Grimasse verzerrt.

Wieder ertönte der Schrei, doch diesmal waren es Worte, die sich über das Rauschen der Wellen erhoben.

»SCHIESS! SCHIESS!«

Albrecht riss das Gewehr hoch, doch für einen Moment schien er verwirrt. »Auf was denn? Auf wen denn?«

Plötzlich erzitterte das Schiff und das Brummen des Dieselmotors verstummte.

»Das Pferd ist im Wasser«, brüllte seine Kollegin. »Das Pferd ist im Wasser!« Albrecht glotzte Ora an, die ihn unschuldig ansah.

»Nein, ist es nicht«, murmelte er verständnislos. Mika war für einen Moment wie gelähmt. Ostwind schwamm direkt neben ihnen. Wenn er den Hengst jetzt sah und ihn mit dem Betäubungsgewehr traf, würde er untergehen und ertrinken.

»NEIN!« Mika stürzte sich auf ihn. Albrecht war überrumpelt, aber seine massige Gestalt schwankte nur kurz, dann fegte er sie mit einem harten Schlag seines Ellenbogens mühelos beiseite. Mika taumelte, schlug schwer auf das harte Deck und kurz wurde ihr schwarz vor Augen.

»MIKA! MIKAAAA!« Sie blinzelte und drehte mühsam den Kopf. Wie durch dichten Nebel sah sie etwas, das wohl ein Produkt ihrer Fantasie sein musste. Da waren Sam und Fanny, die ihr wild zuwinkten. Aus einem schwankenden Schlauchboot, das mit gelben Enten bedruckt war. Doch Albrecht schien es auch zu sehen. Er ließ das Gewehr sinken und starrte über das Wasser zu dem bizarren Gefährt, in dem Sam und Fanny wild hin und her schaukelten. »Hier! Wir sind hiier!«

»Was zum Geier???« Der große Mann verstand gar nichts mehr. Anders als Mika, die im selben Augenblick begriff, was ihre Freunde da taten. Sie wollten ihn ablenken. So lange, bis Ostwind sicher am Ufer war. Eine Welle der Dankbarkeit ergriff sie. Sie konnte Ostwind nicht sehen, sie konnte nur hoffen, dass es klappte. Doch eine wütende Stimme machte diese Hoffnung gleich wieder zunichte.

»Das Pferd! Im Wasser! Schieß auf das Pferd, du Depp!« Die blonde Frau hatte die Steuerkabine verlassen und rannte auf sie zu. Mit letzter Kraft rappelte Mika sich auf, doch es war zu spät. Albrecht hatte begriffen. Er fuhr herum, hob das Gewehr und zielte auf den schwimmenden Hengst, der nur noch wenige Meter vom rettenden Ufer entfernt war. Mika schloss die Augen. Sie konnte nicht hinsehen. All das war ihre Schuld. Und dann hörte sie den Schuss. Ein böses Zischen, mit dem der kleine buntgefiederte Pfeil durch die Luft surrte. Ohne zu atmen, wartete sie auf das schmerzerfüllte Wiehern, das ihr sagte, dass er sein Ziel getroffen hatte. Doch sie hörte nur Albrechts wütenden Schrei.

»AHHHH!« Mika riss die Augen wieder auf. Und sah Ora, die Albrechts breiten Hosenboden im Maul hatte und fröhlich daran zog wie ein Hund an einem Stock.

»Er hat nicht getroffen, er hat nicht getroffen! Gutes Fohlen!«, hörte sie Sams Jubelschreie ganz in der Nähe und dann ein lautes Platschen, mit dem er vor lauter Überschwang ins Wasser fiel.

Mika fuhr herum und sah zu Ostwind, der durch das schäumende Wasser der Brandung pflügte. Seine Hufe hatten festen Boden erreicht und langsam hob er sich aus der Gischt wie ein auftauchendes U-Boot. Er hatte es geschafft, und Mikas Herz begann wieder zu schlagen.

»Du Mistkröte!« Wieder fuhr sie herum. Albrecht hatte das Gewehr jetzt auf Ora gerichtet. Marta hielt sie an ihren schlanken Hinterläufen fest und das Fohlen quiekte erfreut über diesen unerwarteten Spielverlauf. Wie in Zeitlupe sah Mika, wie Albrechts wulstiger Finger sich auf den Abzug legte. Sie öffnete den Mund, um zu schreien – aber soweit kam sie nicht mehr. Eine ohrenbetäubende Sirene ertönte dicht hinter ihnen und eine metallisch verzerrte Stimme hallte über das Wasser:

»Hier spricht die Küstenwache. Waffe fallen lassen und beidrehen! Ich wiederhole, sofort Waffe fallen lassen und beidrehen!«

20. Kapitel

Nach all der Aufregung der letzten Tage und Stunden gab es keinen beruhigenderen Anblick als den hohen Giebel des Gutshauses von Gestüt Kaltenbach, der in einiger Entfernung in den blassen Morgenhimmel ragte.

»Eines Tages schreib ich ein Buch über all das«, sagte Fanny und lehnte sich müde an Sam, der neben ihr auf dem alten Holzgatter hockte, das eine der großen Koppeln des Gestüts umzäunte. Die ersten Strahlen der aufgehenden Sonne ließen das taufeuchte Gras glitzern und ein paar Vögel lärmten in der mächtigen alten Eiche, die ein Gewittersturm im letzten Jahr gespalten hatte. Der Jeep des Gestüts stand hinter ihnen und die Rampe des Pferdehängers war herabgelassen. Andächtig sahen sie Mika zu, die die beiden Pferde gerade auf die Weide führte. Etwas steifbeinig von der langen Fahrt waren sie aus dem Hänger geklettert und nun standen sie neben Mika, die Ostwind behutsam das alte Lederhalfter über den Kopf zog. Ein Lächeln erschien auf ihrem Gesicht. »Wir sind zu Hause«, sagte sie einfach.

Der Hengst stand einen Moment lang ganz still da. Seine dunklen Nüstern blähten sich, als er den vertrauten Geruch seiner alten Koppel einsog. Ora blickte gebannt zu ihrem Vater auf, als warte sie, was er als Nächstes tun würde. Dann wandte der Hengst den Kopf und sah zu ihr hinab. Aufgeregt tapste das Fohlen zu ihm und für einen Moment trafen sich ihre beiden Nüstern in der Luft.

»High-five«, murmelte Mika grinsend und trat einen Schritt zurück, denn sie wusste, was als Nächstes passieren würde. Ostwind schüttelte sich, vollführte eine elegante Drehung und buckelte mit hoch erhobenem Schweif über die Wiese davon. Ora stand immer noch neben Mika und sah ihm nach. »Das ist doch eigentlich dein Part«, sagte Mika und zog das Fohlen liebevoll an einem seiner flauschigen Ohren. Ora legte den Kopf schief und sah Mika an, als müsse sie erst darüber nachdenken. Dann riss sie ihren kleinen Kopf hoch, wieherte wild und sah noch einmal zu Mika. Die nickte und das Grinsen auf ihrem Gesicht wurde breiter. »Jawohl! Gut gebrüllt, kleiner Löwe!« Und das war das Signal. Ora schüttelte sich wie Ostwind zuvor, stieg auf ihre Hinterbeine und jagte dann wilde Haken schlagend hinter ihrem Vater her über die Wiese.

»Fanny schreibt ein Buch«, flüsterte Sam, als sich Mika kurz darauf neben ihm auf dem Gatter niederließ.

»Im Moment sieht es eher so aus, als würde sie schlafen«, flüsterte Mika zurück, denn Fanny lehnte mit geschlossenen Augen und halb offenem Mund an Sams Schulter. Sam grinste liebevoll.

»Das sieht nur so aus. Sie denkt nach.«

»Ach so«, wisperte Mika zurück und lehnte ihren Kopf

an Sams andere Schulter. Eine Weile saßen sie schweigend da und beobachteten die beiden Pferde, die immer noch ausgelassen über die Koppel tobten wie zwei wilde Mustangs.

»Ich weiß nicht, ob das Buch so ein Hit werden würde. Es ist schon eine ziemlich verrückte Geschichte.« Mika seufzte und schloss die Augen.

»Natürlich wird das ein Hit«, gab Fanny brummend zurück. »Ein wahnsinniger Pferdedieb, ein unschuldiges Fohlen, ein schwimmendes Pferd. Ich bitte dich!«

»Und ein Schlauchboot«, fügte Sam hinzu. »Vergiss das Schlauchboot nicht!« Fanny grinste, ohne die Augen zu öffnen.

»Natürlich nicht. Und ein strahlender Held, der am Ende alle rettet!«

»Das bin ich«, sagte Sam und es klang tatsächlich ein bisschen stolz. »Ohne mich wäre die Polizei nämlich nicht gekommen und hätte den Irren nicht festgenommen und …«

»Ja-ha«, sagten Mika und Fanny im Chor und Sam verstummte gutmütig.

»Schon gut. Ich hoffe nur, Frau Kaltenbach sieht das genauso«, sagte er kleinlaut. Fanny streichelte beruhigend seinen Arm. »Na klar, wenn wir ihr erst mal die ganze Story erzählt haben, hat sie hinterher sowieso vergessen, warum sie eigentlich sauer auf dich war.«

»Oh nein!« Diesmal waren es Sam und Mika, die gleichzeitig den Kopf geschüttelt hatten. Sie kannten Maria Kaltenbach besser als Fanny.

In diesem Moment ertönte hinter ihnen das brummende Geräusch eines herannahenden Dieselmotors.

»Hört ihr das auch?«, fragte Fanny langsam. »Was auch immer es ist, es soll verschwinden. Ich kann nicht mehr.«

Doch das Geräusch wurde trotzdem lauter. Die drei Freunde drehten den Kopf und sahen den großen weißen Pferdetruck der Hacienda Petros, der sich langsam den schmalen Schotterweg hinaufschob.

»Ach Quatsch!«, sagten alle drei wie aus einem Mund und dann mussten sie so lachen, dass sie fast vom Gatter kippten.

Mit dem ächzenden Schnaufen einer alten Dampflok kam der große Lkw wenige Minuten später vor Sam, Fanny und Mika zum Stehen. Die große Tür des Fahrerhäuschens öffnete sich und sie war noch kaum einen Spalt auf, als ein kleiner schwarz-weißer Blitz herausschoss und winselnd in Fannys Arme sprang.

»Chili, alter Wischmopp!« Fanny strahlte über das ganze Gesicht und hielt den kleinen Hund vor sich in die Luft, der wild strampelnd versuchte, mit seiner kleinen rosa Zunge ihr Gesicht zu erreichen. »Ich glaube, ich nenn dich ab heute Bumerang – du kommst irgendwie immer zu mir zurück«, sagte sie und küsste liebevoll das Köpfchen des Chihuahuas, das kaum größer war als ein Tennisball.

»Wieso immer wieder?«, fragte Sam und wuschelte Chili durch sein seidiges Fell. Fanny setzte ihn behutsam auf den Boden.

»Ach«, Fanny zuckte mit den Schultern. »Kann sein,

dass ich ihn ein paar Mal vor dem Supermarkt vergessen habe. Und einmal in der U-Bahn. Aber du hast einen erstaunlichen Orientierungssinn, gell Kleiner?«, sagte sie sichtlich stolz und stupste das Hündchen mit dem Fuß an.

»Große. Hunger. Kleine. Hund«, brummte eine tiefe Stimme und José, der seinen massigen Körper aus der Tür gequetscht hatte, grinste Fanny strahlend an und nickte. Sam gab ihm lachend high-five.

»Supernett, dass sie Chili vorbeigebracht haben«, sagte Sam höflich. »Alles erledigt? Geht's jetzt zurück nach Spanien?« José nickte und sein vierstöckiges Doppelkinn wippte dabei fröhlich.

»Sí, sí«, bestätigte er und dann sah er an Sams Schulter vorbei zu Mika. Über die Wiedersehensfreude mit Fannys Hund hatten die beiden gar nicht bemerkt, dass sie nicht mit aufgestanden war, sondern immer noch auf dem Gatter saß. Ostwind und Ora waren zum Zaun gekommen, standen neben ihr und sahen den großen Truck neugierig an.

»Hengst. Wieder. Mitfahren. Zuhause?«, fragte José und deutete mit dem Daumen auf seinen Truck. Sam und Fanny sahen sich erschrocken an. Für sie war klar gewesen, dass Ostwind jetzt wieder zu Hause war. Dass sein Zuhause hier auf Kaltenbach war. Aber Mika hatte ihn freigelassen. Und das ließ sich nicht einfach so zurücknehmen. Nicht für Mika. Und das ernste Gesicht ihrer Freundin verriet den beiden, dass sie in diesem Moment genau dasselbe dachte. Eine ganze Weile geschah nichts. Dann strich Mika dem Hengst sanft über die Stirn und sprang vom Gatter. Ohne ein Wort öffnete sie das große Tor, trat zurück und sah Ostwind ruhig an. Ostwind erwiderte ihren Blick. Er zog langsam seinen schlanken Kopf zurück, den er über den Holzbalken des Zauns gestreckt hatte und kam auf sie zu. Ora trabte an seiner Seite und rupfte im Vorbeigehen ein paar lange Grashalme aus der hohen Wiese. Vor dem offenen Tor blieb er stehen.

»Sí?«, fragte José, der noch immer auf eine Antwort wartete, aber niemand reagierte. Alle Augen waren auf Ostwind gerichtet. Der mächtige Spanier zuckte die Schultern, drehte sich um und drückte auf den großen roten Knopf, der die Laderampe des Trucks absenkte. Ora schien auch zu spüren, dass etwas vorging, denn sie presste sich mit einem besorgten Wimmern an die Flanke ihres Vaters. Mika hielt still und abwartend den Blick gesenkt. Sie hörte, wie die Rampe des Pferdetransporters auf den Boden schlug. Hörte Ostwind schnauben. Sie drehte den Kopf leicht ein, sodass sie seine dunklen Beine sehen konnte, die wenige Meter von ihr entfernt im Gras standen. Und diese Beine begannen langsam Schritt für Schritt rückwärts zu gehen.

»YES!«, schrie Fanny und Mika sah auf. Ostwind hatte sich umgedreht und mit Ora an seiner Seite galoppierte er ans andere Ende der Koppel, wo er abbremste und seinen Kopf in das hohe Gras tauchte. Fanny hielt sich den Mund zu.

»Sorry, ich kann Spannung nicht so gut aushalten«, sagte sie entschuldigend. Mika legte den Kopf in den Nacken und schloss die Augen. Eine Last fiel von ihren Schultern.

Es fühlte sich an, als habe sie die ganze Zeit einen Rucksack voller Pflastersteine mit sich herumgetragen, den ihr endlich jemand abgenommen hatte. Sie atmete tief aus und schloss langsam das Gatter.

»No?«, fragte José, der das ganze Schauspiel mit dem Gleichmut eines wahren Spaniers verfolgt hatte, und Mika erwiderte sein gutmütiges Lächeln.

»No«, bestätigte sie. »Ostwind bleibt hier.«

Andächtig sahen die drei Freunde dem weißen Truck nach, der über die Schotterstraße davonrollte.

Als er schließlich in einer mächtigen Staubwolke hinter dem Hügel verschwunden war, strubbelte Sam sich fahrig durch die Haare.

»So«, sagte er mit klammer Stimme, »dann wird es jetzt wohl Zeit, mit Frau Kaltenbach zu reden. Meint ihr, es gibt irgendeine Chance, bei der Wellnessgeschichte zu bleiben?« Mika sah ihre beiden Freunde an und musste plötzlich loslachen. Sie japste und prustete hilflos und Fanny und Sam blickten sich ratlos an.

»Nerven«, diagnostizierte Fanny dann sachlich und legte Mika eine Hand auf die Schulter. »Ruhig. Ganz ruhig. Es ist alles gut. Der böse Mann ist eingesperrt, die Pferde sind sicher.« Mika schüttelte den Kopf und drängte mit Mühe den Lachanfall zurück.

»Nein, Sam, ich glaub die Wellnessgeschichte funktioniert nicht«, sagte sie dann ruhig. »Ich weiß nicht, wann ihr zuletzt in den Spiegel geschaut habt, aber wir sehen ungefähr so erholt aus wie drei Zombies nach Halloween.«

Sam rieb sich seine blutunterlaufenen Augen und nickte grinsend. »Stimmt. Dann sagen wir einfach die Wahrheit: Wir haben Ora und Ostwind gerettet und einen verrückten Millionär hinter Gitter gebracht.«

»Genau«, pflichtete Fanny ihm bei. »Das ein oder andere beunruhigende Detail würde ich vielleicht weglassen, aber am Ende zählt doch, dass wir alle wieder hier sind.« Der kleine Hund auf ihrem Arm jaulte zustimmend und Fanny gähnte herzhaft. »Und jetzt gehen wir bitte, ja? Ich brauche eine Dusche und ungefähr 72 Stunden ungestörten Schlaf.« Sie ging los und Sam folgte ihr. Doch Mika zögerte.

»Ich glaub, ich bleib noch ein bisschen hier, wenn das okay ist.« Die beiden Freunde blieben stehen und drehten sich um. Sam lächelte.

»Na klar!«

Mika wandte sich an Fanny. »Kannst du mir Norbert 2.0 leihen?«

Nun lächelte auch Fanny. Sie zog das Tablet aus ihrer Tasche und reichte es Mika.

»Na klar!« Sie zwinkerte ihr zu. »Wir haben eh gerade eine kleine Beziehungskrise, Norbert und ich.« Sam legte einen Arm um ihre Schultern.

»Wie schön, das zu hören«, sagte er. Dann drehten die beiden sich um und gingen davon.

»Bild dir bloß nichts ein, Stallbursche«, war das Letzte, was Mika hörte. Dann waren sie um die nächste Wegbiegung verschwunden.

Im Schneidersitz saß Mika inmitten der hohen Wiese. Sie spürte die Sonne, die ihren Rücken wärmte, hörte das Brummen der Insekten und dicht hinter ihr das leise Swisch-Swisch eines Pferdeschweifs, der lästige Fliegen vertrieb. Ora stakste durch das Gras auf sie zu. Als sie Mika erreicht hatte, knickten ihre Vorderbeine ein und mit einem wohligen Grunzen ließ sich das Fohlen neben ihr nieder. Es legte seinen Kopf auf ihre Knie und schloss dann müde die Augen. Mika kraulte es im Nacken, während die Finger ihrer anderen Hand über das Display des Tablets huschten. Es dauerte einen Moment, dann ertönte ein Klingelton. Und noch einen Augenblick später erschien Milans Gesicht auf dem Bildschirm. Seine blauen Augen leuchteten freudig in seinem sonnenverbrannten Gesicht, als er sie sah.

»Mika! Endlich! Ich versuch schon seit gestern, dich zu erreichen. Es war der Wahnsinn, ich hab so viel erlebt«, sagte er und grinste breit. »Hey, ist das Ora? Hallo, Tunichtgut«, rief er, bevor Mika antworten konnte, denn das Fohlen hatte den Kopf gehoben und seine rosafarbenen Nüstern schnupperten neugierig in die Kamera. Mikas Herz war in diesem Augenblick so voll, dass sie das Gefühl hatte, es würde jeden Moment überquellen. Milans Stirn legte sich in Falten. »Du sagst ja gar nichts! Und du siehst echt schreckl… äh … müde aus! Ist alles okay bei euch? Geht's euch gut?« Seine noch eben so fröhliche Stimme klang plötzlich besorgt.

»Uns geht's gut«, sagte sie mit rauer Stimme. Milans Gesicht verdüsterte sich noch weiter.

»Mika?«

Sie räusperte sich. »Es geht uns gut«, wiederholte sie. Und dann erblühte ein breites glückliches Lächeln auf ihrem müden Gesicht. Denn das stimmte. Es ging ihr gut. Ostwind war bei ihr, Ora lag neben ihr im Gras, sie war zu Hause.

»Dann ist nichts passiert?«, fragte Milan, immer noch misstrauisch. Mika sah ihn einen Moment lang an, dann schüttelte sie den Kopf. Sie wollte jetzt nicht darüber reden, das hatte noch Zeit.

»Ach, nichts wirklich Aufregendes«, sagte sie und schmunzelte. Ora neben ihr wieherte leise und Mika grinste noch breiter. »Und bei dir?«

»Jede Menge! Ich weiß gar nicht, wo ich anfangen soll! Ich hab hier ein Abenteuer nach dem anderen erlebt, während ihr da in Kaltenbach ne ruhige Kugel schiebt. Es gibt hier einen Mustang, der ... Mika, du musst unbedingt kommen«, sagte er und seine Augen blitzten aufgeregt.

Mika lächelte. »Tatsächlich? Dann erzähl mal!«

Milan holte tief Luft. »Du wirst es nicht glauben!« Und dann begann er, atemlos zu erzählen – doch das ist eine andere Geschichte.

ENDE

Lea Schmidbauer wurde 1971 in Starnberg am Starnberger See geboren. Sie studierte ein paar Semester Amerikanische Kulturgeschichte, bevor sie sich an der Filmhochschule in München bewarb. Seit 2007 schreibt sie Drehbücher für Kinofilme und die Pferdeabenteuerreihe »Ostwind«. Lea Schmidbauer lebt und arbeitet in München und als Teilzeitlandwirtin in einem kleinen Dorf in Mittelfranken, wo auch ihr Islandpony Penny zu Hause ist.

In der OSTWIND-Reihe sind bereits erschienen:

OSTWIND
Zusammen sind wir frei (Band 1)
Gebunden, 160 Seiten
Mit exklusiven Filmfotos
ISBN: 978-3-570-15680-3

OSTWIND 2
Das Buch zum Film
Gebunden, 160 Seiten
Mit exklusiven Filmfotos
ISBN: 978-3-940-91910-6

OSTWIND
Rückkehr nach Kaltenbach (Band 2)
Gebunden, 224 Seiten
ISBN: 978-3-570-15812-8

OSTWIND
Aufbruch nach Ora (Band 3)
Gebunden, 240 Seiten
ISBN: 978-3-940-91911-3

OSTWIND
AUF DVD & BLU-RAY!
© Constantin Film Verleih GmbH · 80802 München
OSTWIND
Zusammen sind wir frei
WENDECOVER
FSK ab 0
OSTWIND 2
WENDECOVER
FSK ab 0
TEIL 1&2 ÜBERALL
IM HANDEL ERHÄLTLICH.
ALIASENTERTAINMENT
Constantin Film